Klaus Pfeiffer

Kretazeit

Papa Vangelis und andere Geschichten

edition fischer

Die Handlung dieser Geschichten sowie die darin vorkommenden Personen sind frei erfunden; eventuelle Ähnlichkeiten mit realen Begebenheiten und tatsächlich lebenden oder bereits verstorbenen Personen wären rein zufällig.

Bibliografische Information der Deutschen Nationalbibliothek
Die Deutsche Nationalbibliothek verzeichnet diese Publikation in der Deutschen Nationalbibliografie; detaillierte bibliografische Daten sind im Internet über http://dnb.d-nb.de abrufbar.

© 2012 by edition fischer GmbH
Orber Str. 30, D-60386 Frankfurt/Main
Alle Rechte vorbehalten
Titelbild: fotografci © www.fotolia.com
Schriftart: Bergamo 12°
Herstellung: efc / NL
Printed in Germany
ISBN 978-3-86455-987-7

Vorwort

Kreta. Eine Insel mit vielen Gesichtern. Lässt man die meist oberflächlichen Erfahrungen der 2-Wochen-all-inclusiv-Touristen beiseite, bleiben Impressionen, die sich tief verwurzeln. Weiße Häuser, strahlende Sonne, tiefblauer Himmel ebenso wie sein Spiegel, das Meer. Aber auch wütender Sturm, meterhohe Wellen, Schnee auf den Bergen.
Wen Kreta einmal in seinen Bann gezogen hat, den lässt es nicht mehr los. Die Insel ist, wie der kretische Schriftsteller Kazantzakis schrieb, »ein dreimastiges Schiff, das die es umgebenden vier Meere durchbraust«.
Jedes Mal wird man von einem Glücksgefühl durchströmt, wenn man zurück nach Kreta kommt.
Der Insel wohnt eine ureigene Kraft inne, die beglückt und inspiriert. Sie verzaubert und macht die Tage zeitlos.

Wer im Frühjahr die Abermillionen Anemonen blühen sah, die Bergmaccia mit ganzen Farbteppichen endemischer Orchideen, die Mohnblüte, die Kleewiesen in den Olivenhainen oder im Herbst die warmen Erdfarben der Felsen und der Golddisteln, die tausend erdigen Abstufungen von fast weißen über ockerfarbene bis zu tiefbraunen Böden, wer das Blau der Berge in ihrem sich Verlieren in dunstiger Ferne in sich aufgenommen hat, wird das alles nicht mehr vergessen.

Die Inselmenschen sind herzlich und brauchen für ihre Gastfreundschaft keine Sprache. Der »*Xeni* – der Fremde« ist immer auch »der Gast«. Im »Griechischen« gibt es für beide Begriffe nur ein und dasselbe Wort.

Oft kann man auf Wanderungen bei Begegnungen mit Kretern erleben, dass man spontan etwas von dem geschenkt bekommt, was diese gerade eben haben – eine Feige oder eine Orange, einen Raki oder ein Glas Wein. Das uralte Gastritual.

Kreta weckt immer wieder den Wunsch, dazubleiben. All die Wohlstandszwänge hinter sich zu lassen und dafür den Geschichten der Insel zu lauschen.

Die erste Reise

Da saßen wir also in der Küche auf zwei unbequemen Stühlen in dem letzten Haus des Dorfes Alithini am Hang des Asterussia-Gebirges, das im Süden die Messaraebene begrenzt. Sieben schwarz gekleidete alte Frauen des Dorfes beäugten uns mit ihren wissenden Augen unter ihrer schwarzen Mantilla hervor, abwägend und doch freundlich.

Zwei Stunden Palaver, Rede und Gegenrede – wir verstanden nichts. Der kretische Dialekt ist wie eine Geheimsprache, in der die Geheimnisse der blutigen und tränenreichen Geschichte der Insel bewahrt werden.

Dann stand die älteste der Frauen, Oma Grissula, auf, tätschelte mir die Wange und sagte: »*Kalo pädi* – gutes Kind«. Das war alles. Aber damit waren wir aufgenommen im Dorf als die ersten Ausländer. Damit durften wir auch das zerfallene Haus kaufen, das am Dorfrand lag und auf dessen Wänden noch die Geschichten der türkischen Besatzung geschrieben standen. Erst später haben wir verstanden, was es heißt, respektierte Einwohner eines kretischen Dorfes zu sein.

Aber die Geschichte soll von Anfang an erzählt werden. Eine Freundin in unserer deutschen Heimatstadt Tübingen, der weltgeistigen und doch engen Universitätsstadt am Neckar, sagte eines Samstags im Februar 1990 beim obligatorischen Glas Sekt: »Übrigens, nächste Woche muss ich ein paar Tage nach Kreta.« Man stelle sich vor: Wohnhaft in Tübingen und dann nach Kreta! Klar, dass wir wissen mussten, wozu. Mit einer Miene, als sei das alles das selbstverständlichste von der Welt, erklärte sie: »Ich habe dort ein Häuschen und muss meine Orangen und Zitronen pflücken.« Wir waren sprachlos. »Du hast nie davon erzählt.« Ja, meinte sie, das sei ein Überbleibsel aus ihrer ersten Ehe. »Wenn ihr wollt, könnt ihr ja mitgehen.« Meine Frau als weltoffene Hanseatin war sofort Feuer und Flamme. Aber für mich als heimattreuen Schwaben war es ein unerhörtes Vorhaben. Nach Kreta! »Wenn ihr euch um den Flug kümmern könntet, wäre das gut. Ich habe wenig Zeit«, sagte unsere Freundin in meine Unentschlossenheit hinein.

Und damit war jeder Widerspruch sinnlos geworden, denn meine Frau Sigrun hatte sich in diesem Moment bereits einen fertigen Ablaufplan zurechtgelegt.

Noch aus der Schulzeit war mir Kreta irgendwie bekannt als – wie hieß das doch gleich – Wiege Europas, mit einem König Minos und dem Minotaurus, mit Zeus und Europa, Theseus und Ariadne. Hätte ich doch damals besser aufgepasst. Mein Wissen glich einer trüben Brühe, aus der ab und zu ein Brocken auftauchte.

Als das Flugzeug vom Flughafen Echterdingen abhob, war es wie der Start in eine ungewisse Zukunft. Nach 2,5 Stunden meldete sich der Pilot. »Wir verlassen nun unsere Reiseflughöhe und beginnen den Landeanflug.« Im Fenster der Boeing war in der blauen Ferne eine langgestreckte Insel zu erkennen, die mit dem Näherkommen allmählich deutlichere Konturen annahm. Kreta! Der Pilot flog einen Bogen und schwenkte dann das Flugzeug in die Richtung der Landebahn ein. Unter uns waren weiße Kuben von Häusern, Olivenhaine und kleine Fischerboote zu erkennen. Dann setzte die Maschine kräftig auf der Landebahn auf. Wir waren auf Kreta angekommen. Die Türen wurden geöffnet und eine weiche warme Luft umschmeichelte uns.

Es gibt, habe ich mir sagen lassen, zwei Möglichkeiten der Bekanntschaft mit Kreta.
Die eine ist die unerklärte Abweisung durch die Insel, wenn sie ihre Schönheit und ihren Zauber verschließt.
Die andere ist die, wenn sie ihre Geheimnisse und ihren Reiz in beinahe intimer Weise mitteilt. Wem dieses widerfährt, der ist der Insel unwiderruflich verfallen.

Unser Taxi hielt im Dorf Agios Jiannis, das in der Messara unterhalb der Ausgrabung Phaistos gelegen ist. Obwohl es erst Februar war, wehte ein kräftiger und heißer Wind aus südlicher Richtung. Saharawind. Und so führte uns der erste Weg nach dem Abladen unseres wenigen Gepäcks ins dörfliche Kafenion. Ein paar Männer begrüßten unsere Freundin und rückten auch für uns zwei der typischen kretischen Stühle an den Tisch. Kühler Retsina kam auf den Tisch, und die Männer forderten uns auf, von ihrer Meze mitzuessen. Es waren Schnecken mit kleinen Häuschen, die in einem Kräutersud gekocht waren und mit einem hölzernen Zahnstocher herausgezogen wurden. Die Männer machten nicht den Eindruck, als würden sie eine Ablehnung verstehen. Um niemanden zu beleidigen, schluckte ich mit innerlich geschlossenen Augen die Schnecken – um nach einigen Versuchen festzustellen, dass sie eigentlich ganz gut schmeckten.

Der Abend beendete den Tag mit einem überwältigenden Sonnenuntergang, in dessen Verlauf sich der ganze Himmel blutrot färbte. Erst später erfuhren wir, dass diese Erscheinung die Folge großer Sandmengen ist, die durch Saharastürme in die Atmosphäre getragen werden.

Die ersten weißen Käuzchen meldeten mit ihren Pfiffen das Einbrechen der Nacht. Die Luft war schwer und voll fremder Geräusche.

Plötzlich fielen in der Nacht dicke Tropfen und wetterleuchtend nahte eines der heftigen Frühjahrsgewitter, das mit nicht enden wollendem Blitz und Donner den schwitzenden Menschen und Tieren Erfrischung für die restliche Nacht brachte. Ein wohliger Geruch feuchter Erde mit allerlei Kräuterdüften trug uns wieder in das Reich des Schlafes.

Unsere Freundin hatte einen alten Vespa-Roller, der allerdings defekt war. Mit einiger Arbeit und gutem Zureden brachte ich ihn zum Laufen. Mit ihm fuhren wir die holprigen Straßen in die verstreut liegenden Dörfer der Umgebung, Petrokefali, Sivas, Kouses, Pompia, und waren gerade in Alithini angekommen, als erneut ein heftiger Wolkenbruch über uns hereinbrach. Das war nun kein Regen, wie wir ihn aus Deutschland kannten. Als ob über uns Wasserkübel ausgeschüttet worden wären, waren wir innerhalb weniger Sekunden völlig durchnässt. Die Straße war zu einem Bach geworden, von den Bergen schossen Wasserkaskaden herab, sodass auch unsere Vespa beschloss, den Betrieb einzustellen.

Auf der Suche nach einem Kafenion oder einer Taverne trafen wir am Ortsende auf eine mollige Griechin, die uns im Schutz ihrer überdachten Terrasse entgegenlachte. Das ist die Strafe, wenn man in ein Land reist, dessen Sprache man nicht spricht, dachte ich. Dennoch brach aus uns der Hilferuf »Taverna??« heraus. Die Frau lachte herzhaft und winkte uns mit weitausladender Geste in ihr Haus. »Ich Elektra«, rief sie, »hier Taverna, *ela, ela* – kommt, kommt.« Wir folgten ihr in die Küche, in der es herrlich nach Essen roch. Sie ermunterte uns, die nassen Kleider auszuziehen, und brachte uns trockene Hosen und Hemden ihres Mannes. »Ich zu dicken«, lachte sie und bedeutete, dass ihre Kleidergröße wohl nicht der meiner Frau entsprach. Ohne lange zu fragen, kochte sie uns Kaffee und brachte uns gefüllte Kürbisblüten und Weinblätter. Und Raki – ein dem italienischen Grappa ähnlicher Tresterschnaps.

»Raki gutt gegen Grippi«, radebrechte sie strahlend.
»Woher kommen? Germania?
Ich gewesen zwei Jahre in Deutscheland – Wuppertal. Ein bisschen Deutsch kann.«
Der Raki wärmte uns wie die trockenen Kleider. Ebenso erwärmte sich unsere radebrechende Unterhaltung. Nach ein paar Stunden schien draußen längst wieder die Sonne. Unsere Kleider waren trocken geworden und so verabschiedeten wir uns von unserer neuen Freundin Elektra herzlich und versprachen, im Herbst wiederzukommen. Die weißen Häuser lachten uns zu, als wir aus Alithini hinausfuhren.

Der Kauf unserer Hausruine

Nach unserer Rückkehr nach Deutschland beschlossen wir, einen Kurs »Neugriechisch« zu belegen, um wenigstens die einfachsten Redewendungen und auch Anstandsregeln für unseren geplanten Herbsturlaub auf Kreta intus zu haben. Dieses Vorhaben unterstützte unsere griechische Lehrerin Sophia mit freundlicher Liebenswürdigkeit und sturer Unnachsichtigkeit, wenn es um unsere Ausreden – die eine oder andere Hausaufgabe nicht erledigt haben zu können – ging. Dieser Lehrerin sind wir zu großem Dank verpflichtet, denn sie hat uns nicht nur die Grundzüge der Sprache, sondern auch Einblicke in die Kultur, die Historie und die Denkweise der Griechen vermittelt.

So gewappnet kamen wir Ende September 1988 zum zweiten Mal nach Kreta. Gleich am nächsten Tag fuhren wir in »unser Dorf Alithini« und besuchten Elektra, die uns im Frühjahr gerettet hatte. Als sie unser ansichtig wurde, stieß sie Freudenschreie aus, die dem Gesang der Sirenen sicherlich nicht unähnlich waren. Wir wurden umarmt und herzhaft links und rechts auf die Wange geküsst. Es saßen einige Frauen aus der Nachbarschaft in der Küche und so wurden wir herumgereicht, bis wir alle älteren mit »chárete – freut euch« und die jüngeren mit »jia sas – hallo« begrüßt hatten. Die vorschnelle Feststellung: »Sie sprechen Griechisch«, löste einen freudigen Wortschwall aus, von dem wir erst einmal nichts verstanden. *Tipota* – kein Wort! Nun muss man wissen – unsere Lehrerin hatte uns gewarnt – dass auf Kreta ein besonderer Dialekt gesprochen wird. Wie wir fühlt sich ein Hannoveraner, der ins tiefe Bayern kommt.

Ohne unsere Freundin Elektra, die uns mit ihren wenigen Worten Deutsch viel verstehen half, hätten wir uns im sprachlichen Niemandsland geglaubt. So aber stockte die Unterhaltung nie, denn die Griechen haben eine liebenswerte Eigenschaft. Sie sind neugierig, stellen Fragen und geben – wenn es zu lange dauert – auch gleich selbst die Antworten.

»Wie alt bist du? Wie viele Kinder hast du? Was, keine!!??« Mitleid und Trost liegen in der Aussage: »Macht nichts – *den pirasi* – die Zeiten sind schwierig. Es ist besser, keine Kinder zu haben.«

Das ist natürlich nicht die ehrliche Meinung, sonst wären die Griechen mit ihren ständigen Schwierigkeiten längst ausgestorben. Sie selbst vergöttern nämlich die eigenen Kinder und erst recht die Enkel.

Und ohne Übergang folgt die Frage: »Wie viel verdienst du in Deutschland?« Die Direktheit der Fragestellung irritierte uns – für die Griechen ist sie ganz normal. Da mussten wir schon etwas abwägen mit der Antwort und ließen uns Zeit mit der Umrechnung in Drachmen. »Germania Marka – *kala* – gut« hieß es da. Elektra hatte plötzlich eine Idee. Sie strahlte über das ganze Gesicht, lachte ihr herzliches, alles durchdringendes Lachen und rief: »Ihr kaufen Haus – hier. Billiger!« Aha, also nicht teuer. Aus purer Neugier fragten wir zurück, indem wir mit Daumen und Zeigefinger das internationale Geldzeichen zeigten: »Wie viel – *posso?*« »*Mpa*«, rief Elektra, »*poli ligo* – fast nichts!«

Am Anfang des Dorfes stand eine Hausruine, wie ein Söller am Hang, zu Füßen lag die unendlich scheinende Messara, die fruchtbare Tiefebene mit ihrem Schachbrettmuster aus Olivenhainen, Weingärten und Gemüsefeldern. Direkt gegenüber liegend das Massiv des Ida-Gebirges mit dem Psiloritis, seinem höchsten Berg mit 2456 m, und den beiden Bergen Mavros und Skaroneros, die gemeinsam einen gewaltigen Sessel bilden. »Dort saß einmal Zeus«, sagte meine Frau, »und schaute über die Insel, den Kopf in die Hand gestützt, nachdenklich sinnend über das Orakel der Pythia, die Zukunft betreffend.« Wir stiegen in den kleinen Hof und öffneten die zerfressene hölzerne Tür. Schon bei der leichten Berührung fiel sie einfach in den dahinter liegenden Raum. Marodes, wohin man sah. Das Kalami, eine Art Bambus, das die Kräuter-, Reisig- und Lehmschicht des Daches zu tragen hatte, war ausgebrochen und hing wie Fischgräten von der Decke. Die Deckenbalken selbst waren von Holzwürmern zerfressen – aber was für Würmer! Die Löcher so groß, dass beinahe der kleine Finger hineinpasste. Von den Wänden war der

Putz gefallen und es zeigte sich der archaische Aufbau der 70 cm dicken Wände.

In früheren Zeiten wurden die Häuserwände ohne ein Fundament einfach auf den Untergrund gesetzt. Dies hatte bei den häufigen Erdbeben Kretas den großen Vorteil, dass sich die Schwingungen des Bebens nur mäßig auf das Haus übertragen konnten.

Ohne Mörtel, nur mit großen und kleinen polygonalen Feldsteinen aufgebaut, die mit- und ineinander verkeilt wurden, widerstanden diese Wände auch allen Stürmen und schweren Regenfällen. Gezeichnet, aber unbeugsam, boten sie immer noch Schutz. Sie sind ein Synonym für die kretische Gastfreundschaft – insbesondere früherer Zeiten. Auch dafür, wie diese Menschen alle Besetzungen überstanden haben, ohne sich selbst zu verlieren. Sie sind wie ihre Häuser, unbeugsam und dennoch jeden Gast schützend, der es betritt.

In dem uralten Haus – eines der ältesten des Dorfes, wie wir erfuhren – gab es noch eine Besonderheit. Wie in alten Häusern üblich, bestand der Boden aus gestampftem Lehm. Festgetreten von den Füßen vieler aufeinander folgender Generationen. Aber auf der Hangseite floss ein kleines Bächlein in den Wohnraum hinein, durch eine schmale, geformte Erdrinne hindurch und auf der Talseite durch ein Loch in der Hauswand wieder hinaus. Die früheren Bewohner hüteten dieses Wasser wie einen Schatz, denn – wie uns später erzählt wurde – lief es meist das ganze Jahr hindurch und wurde zum Spülen, Waschen und zur Viehtränke verwendet. Trotz aller Narben und Verletzungen hatte dieses Haus eine starke Ausstrahlung und eine herbe Schönheit, der wir uns nach dem ersten Kennenlernen schon nicht mehr entziehen konnten. Die Würfel waren gefallen.

Ein kretisches Haus kaufen zu wollen, war ein in seinen Einzelheiten nicht abzusehendes Abenteuer. Bei fast allen alten griechischen Immobilien gibt es zehn und mehr Teileigentümer, weil die Vererbung eines Besitzes meist auf verschiedene Familienmitglieder erfolgt. Über die Generationenfolge hinweg kann es durchaus sein, dass diese Erben zwischenzeitlich weit verstreut leben – auch bis ins Ausland. Alle diese Berechtigten müssen jedoch ihr Einverständnis erklären, was, wie man sich vorstellen kann, oft äußerst schwierig ist. In unserem Fall hatten wir das Glück, dass es nur fünf Erben gab, diese in erreichbarer Nähe lebten – und einverstanden waren.

Üblicherweise wird von den Verkäufern ein »Makler« beauftragt. Dieser hat die Aufgabe, Interessenten zu suchen, mit denen zu verhandeln und den Verkauf vorzubereiten. Dafür wird er mit einem prozentualen Anteil der Verkaufssumme bezahlt. Das sollte auch in unserem Fall so sein. Die Makler waren oft früher als Feldschützen der Gemeinden tätig, kannten die Grenzverläufe und erfuhren frühzeitig, wenn Verkaufsabsichten vorlagen. In Kreta hat der Berufsstand der Feldschützen einen zweifelhaften Ruf, insbesondere wenn es um die Ehrlichkeit und Zuverlässigkeit geht. In der neuen Tätigkeit als Makler wurden sie nicht notwendigerweise bessere Menschen – was uns noch erhebliche Probleme bereiten sollte.

In unserem Dorf Alithini wurde nun nach dem Bekanntwerden unserer Kaufabsichten eine Diskussion darüber entfacht, ob Ausländer – und dabei besonders Deutsche – aufgenommen werden sollten und ein Haus kaufen dürften. Selbst Pappas Manolis, die kirchlich orthodoxe Institution des Dorfes, wurde in die Entscheidung einbezogen.

Es gab Für und Wider. Natürlich und für uns verständlich waren die Ereignisse im Zweiten Weltkrieg mit dem deutschen Überfall auf Kreta und den Massakern während der Besatzungszeit bei vielen gegenwärtig. Es gab noch eine Reihe Zeitzeugen im Dorf, die als Andartes gegen die Deutschen gekämpft und auch Familienmitglieder verloren hatten. Das Ehrenmal des Dorfes für die Gefallenen und Exekutierten spricht eine beredte Sprache. Wir bemühten uns stets, die Kriegs- und Völkerrechtsverletzungen der deutschen Wehrmacht als unmenschliche Handlungen zu bezeichnen, die sie ja auch waren. Das ist unveränderlich auch heute noch unsere Meinung.

»*Itan polemos* – es war Krieg –«, sagten aber auch viele der Alten im Dorf zu uns. »Ihr könnt nichts dafür. Ihr seid die Kinder der Schuldigen. Wir wollen den Krieg nicht in die nächste Generation vererben. Trinken wir Wein auf die Gesundheit und darauf, dass diese schlimmen Zeiten nicht mehr zurückkommen.«
Die großherzige Denkweise hat uns tief beeindruckt und wir brachten dies auch zum Ausdruck.
Am Abend desselben Tages erfuhren wir vom Ausbruch

der Blutrache – der Vendetta – zwischen zwei Familien in Rethimnon. Innerhalb kurzer Zeit wurden sieben Menschen erschossen. Erschossen, um eine Ehrverletzung mit Blut zu rächen. Den Dualismus im Denkmuster der Kreter bei der Bewertung von Menschenleben können wir bis heute nicht nachempfinden.

Elektra bedeutete uns nun, dass die dörfliche Entscheidung anstehe und wir uns am morgigen Tag gegen 11 Uhr in ihrer Küche einfinden sollten. Wir waren erstaunt, dort zur genannten Zeit sieben schwarz gekleidete *Grias* – Großmütter – vorzufinden, die uns freundlich begrüßten. Die kretische Gesellschaftsordnung ist in zwei Entscheidungsebenen geteilt. Die eine »außer Haus« – dort entscheiden die Männer –, und die hatten in unserem Fall wohl schon entschieden. Die andere »im Haus«, die Frauen, hatte heute zu entscheiden. Alles lief zu unseren Gunsten, und als Oma Grissula mir die Wange tätschelte mit den Worten »*kalo pädi*«, war vollends alles klar. Wir waren ab heute Alithiniotes – Mitglieder des Dorfes Alithini.

Nachdem die Entscheidung nun gefallen war, drängten wir auf den vertraglichen Abschluss. Der Makler versuchte, uns zu einem »privaten Vertrag« zu überreden. Dabei zahlt man den vereinbarten Kaufpreis, hat aber kein rechtswirksames Papier in der Hand. Wir schlossen lediglich einen Vertrag über das Vorkaufsrecht mit fest vereinbartem Kaufpreis ab, um bereits bauliche Maßnahmen vorbereiten zu können.

Die groben Arbeiten wie das Gießen des Steinfußbodens im Haus und das Verputzen der Wände legten wir in den Verantwortungsbereich des Maklers und forderten auch dafür einen Festpreis. Wir waren gewarnt worden, ohne Festpreis einen Auftrag zu vergeben, da sonst die nachfolgenden Forderungen in astronomische Höhen gingen. Durch unsere begrenzten Urlaubszeiten im Frühjahr und Herbst konnten wir nicht alle Arbeiten in Eigenregie bewältigen, sodass wir gezwungen waren, das eine oder andere zu vergeben.

Es ist so eine Sache mit den Verträgen auf Kreta. Oft wird man gefragt: »Genügt mein Handschlag, oder willst du einen Vertrag?« Wir fragten nach dem Unterschied. »Mit dem Handschlag bin ich an meine Ehre gebunden, haben wir einen Vertrag, dann könnte ich dich betrügen.« Die Gründe dafür liegen sicherlich in dem immer noch vorhandenen Analphabetentum. Die Ehre als der Vertrauensmaßstab gilt auch heute noch als der höchste moralische Wert.

Hinsichtlich unseres Hauses wollten wir einen notariellen Vertrag. Unser Freund Michail – der Mann Elektras – besorgte uns den Termin bei der zuständigen Rechtsanwältin. Alle Beteiligten fanden sich dort ein: der Verkäufer, Michail, Elektra als Übersetzerin, meine Frau und ich, sowie der Makler.

Die Rechtsanwältin fragte diesen, wer er sei. Er antwortete wichtigtuerisch, er sei der verantwortliche Makler. Die Anwältin wies ihn jedoch hinaus mit dem Hinweis, der Verkäufer sei hier mit allen notwendigen Vollmachten. Einen Makler benötige man nicht. Wutentbrannt verließ dieser das Büro. Er befürchtete wohl, um seine Provision gebracht zu werden.

Die Erstellung des Vertrags war eine nicht enden wollende Litanei notarieller Spitzfindigkeiten und wir waren nach zwei Stunden ziemlich erschöpft, als ein Mann in das Büro stürzte und rief: »Auf der Straße ist ein Kind überfahren worden!!« Alle sprangen auf – auch die als Nächste auf ihre Abfertigung bereits Wartenden und die im Büro an der gegenüberliegenden Wand saßen. Geheimhaltung ist in Griechenland ein Fremdwort.
Innerhalb zehn Sekunden waren meine Frau und ich alleine.
Nach einer halben Stunde kamen die Anwältin, unsere Freunde, der Verkäufer und die Wartenden zurück, um in der nächsten halben Stunde das Gesehene zu besprechen. Dann wurde der Vertragsentwurf weitergeführt.
Da dieser Entwurf von zwei weiteren Anwälten auf seine Richtigkeit geprüft und abgezeichnet werden musste und dies natürlich nicht so schnell gehen würde, wurden wir, mit einem Termin zur endgültigen Unterschrift versehen, verabschiedet.
Zwischenzeitlich wurde der Lageplan des Hauses von einem Vermessungsbüro erstellt. Am Tag der Unterschriften mussten wir auf dem Finanzamt die Grunderwerb-

steuer bezahlen und erhielten dafür als Beleg amtliche Wertmarken. Die Anwältin klebte diese auf den unterschriebenen Vertrag, die Anwalt- samt den Prüfgebühren wurden von uns bar bezahlt – und wir waren Eigentümer einer liebenswerten Ruine auf Kreta.

Baumaßnahmen

Wie wir befürchtet hatten, waren die vergebenen Baumaßnahmen mangelhaft ausgeführt worden. Leider hatten wir zu diesem Zeitpunkt die dem Makler zustehende Provision bereits bezahlt. Man lernt eben nie aus. Trotz vereinbarten Festpreises forderte der Makler immer mehr Geld, weil angeblich die Kosten für das Baumaterial sehr gestiegen seien.

Wir beschlossen, ohne nachvollziehbare Belege keine weiteren Zahlungen mehr zu leisten.

Unsere deutsche Freundin, die uns eigentlich nach Kreta brachte, hatte zwischenzeitlich ihre Zelte in Deutschland abgebrochen und war mit Sack und Pack auf die Insel ausgewandert. Völlig entsetzt hörten wir von unseren griechischen Freunden, dass sie sich in sehr zweifelhafter Gesellschaft befand. Hatte uns unsere Menschenkenntnis so im Stich gelassen? Obwohl uns unsere Freunde rieten, jeden Kontakt abzubrechen, meinten wir immer noch, dass es sich nur um einen Irrtum handeln könne. Bald jedoch wurden wir eines Besseren belehrt.

Wir waren im nächsten Urlaub gerade angekommen, als der Makler mit einem Komplizen und zu unserer Überraschung mit unserer deutschen »Freundin« in unser Haus kam und das Geld einforderte.
Alle Nachbarn waren auf dem Feld, sodass wir tatsächlich auf uns selbst gestellt waren. Der Makler zog eine Pistole und drohte damit zu schießen, wenn ich nicht bezahlen würde.
Unsere »Freundin« betrachtete die Szene gelassen.
Ich redete mich darauf hinaus, so viel Geld nicht bei mir zu haben und dieses nach unserer Rückkehr nach Deutschland zu überweisen. Das verbrecherische Trio erklärte sich unter Ausstoßen von Drohungen einverstanden. Damit hatte ich Zeit gewonnen und meine Frau und ich konnten uns wieder den dringlichen Arbeiten am Haus zuwenden.

Kreta ist eine felsige Insel. Es war nicht schwer, auf den umliegenden Feldern oder in den Olivenhainen passende Steine zu suchen, mit denen wir die Hausmauern instand setzen konnten. Bald lag ein ganzer Berg Feldsteine vor unserem Haus. Zement und Sand hatten wir uns aus Mires anliefern lassen.
Unser Freund Michail fuhr uns mit seinem Traktor zur Holzhandlung, wo wir die notwendigen Balken zur Sanierung der Zimmerdecken kauften.
Konsequent erledigten wir Schritt für Schritt die notwendigen Arbeiten. Unsere Dörfler nahmen an dem Fortgang regen Anteil und begutachteten unser täglich erledigtes Pensum. Da hörten wir häufiges »*kali sulia –*

gute Arbeit«, was uns natürlich freute. Allmählich erstand ja auch unser Haus aus den Trümmern und zeigte sein schönes Gesicht. Wir hatten uns bemüht, den schlichten Baustil der alten kretischen Hauskuben aufzunehmen und alles, nur keine pseudomoderne Krampflösung, zu verwirklichen.
Jeden Abend ging eine alte Frau aus dem Dorf bei uns vorbei, um unten am Berg ihre Hühner zu füttern. Sie erklärte uns, dass unser Haus früher das ihrer Mutter war und es sie froh machte, dass wir es gekauft hätten und es so schön wieder herrichten würden. Das hatte unserer manchmal etwas angeschlagenen Motivation stets einen neuen Schub gegeben.

Wir arbeiteten mit einfachsten Hilfsmitteln wie Schaufel und Pickel, die wir uns gekauft hatten. Den Beton und Mörtel rührten wir in großen Kübeln vor dem Haus an. Ab und zu fuhr eine Windböe in unsere Arbeit und der aufgewirbelte Sand und Zement legte sich wie eine zweite Haut auf unsere schweißnassen Körper. Nach unserem Tagewerk mussten wir natürlich duschen, um den Dreck loszuwerden. Wir hatten zwar Wasseranschluss im Haus – aber das war ziemlich kalt, denn es kam aus einer Quelle tief in unserem Hausberg.
Also kauften wir uns 40 Meter schwarzen Bewässerungsschlauch, schlossen diesen am Wasserhahn an und legten ihn auf unserem Flachdach in der Sonne aus. Nach kurzer Zeit hatten wir so heißes Wasser zur Verfügung – allerdings konnten wir es nicht mit kaltem auf Duschtemperatur mischen. So mussten wir eben austesten, wie lange es

dauerte, bis das Wasser im Schlauch die richtige Temperatur hatte, um dann mit 5 Liter Wasser pro Person duschen zu können. Alle weiteren Reinigungsaufgaben musste das Meer erledigen – was es auch tat.

Für unsere moderne und verschwenderische Gesellschaft wäre es eine heilsame Erfahrung, in ähnlicher Weise den Wert des Wassers neu schätzen zulernen. In unserem Dorf kam es vor der Anbindung an das kommunale Wasserversorgungsnetz oft zu Wasserknappheit. Ich kann mich gut daran erinnern, als wir in Kreta ankamen und es kein Wasser gab. Als Begrüßungsgeschenk hatten uns unsere Nachbarn eine Flasche Leitungswasser auf den Tisch gestellt. Wir waren um Mitternacht angekommen, hatten Durst und natürlich noch nicht einkaufen können. Da war dieses Wasser eine Köstlichkeit, die wir gar nicht hoch genug schätzen konnten.

Wir hatten uns vorgenommen, täglich vormittags zu arbeiten, bis die Hitze zu lästig wurde. Dann schwangen wir uns auf unsere Mofas und fuhren zum Baden ans Meer.

In Kalamaki, einem Dorf am Strand des Lybischen Meers, kehrten wir dann am Abend in einer der ursprünglichen Tavernen ein. Damals waren die Inhaber meist Fischer und so konnten wir die herrlichsten frischen Fische, die in der Nacht gefangen worden waren, verspeisen. Dazu Salat und einen Liter »*Chima* – den Hauswein« und wir waren glücklich und zufrieden. Das Meer erzählte derweil seine ewigen Geschichten, die Sonne ging in einem verschwenderischen Farbfinale unter – da fehlte nur noch die Musik von Richard Strauss: »Also sprach Zarathustra«. »*Jia su, ilie* – Auf Wiedersehen, Sonne, bis morgen wieder.«

So vergingen die Tage im Flug, und immer, wenn wir uns von unseren Freunden im Dorf zur Rückreise nach Deutschland verabschiedeten, meinten sie: »Was, ihr geht schon wieder?? Ihr seid doch gerade erst gekommen!« Komisch, auch wir empfanden es genauso.

In der Zwischenzeit hatten wir uns entschlossen, eine vom Makler geforderte weitere Zusatzsumme nicht zu bezahlen. Schließlich hatten wir die Mehrzahl der berechneten Arbeiten wegen des unakzeptablen Pfuschs eigenhändig noch einmal erledigen müssen.

Nach kurzer Zeit erhielten wir einen Brief des Maklers, in dem er uns drohte. Sollten wir, schrieb er, Kreta nochmals betreten, würden wir die Insel nicht mehr lebend verlassen.

Zwar beeindruckt, aber nicht verängstigt, gingen wir im folgenden Urlaub mit diesem Brief sofort auf die Polizeistation nach Pompia, dem nächstgelegenen Dorf. Der Wachhabende las die Drohungen, sagte aber vorab nichts, bedeutete uns nur zu warten und schickte einen weiteren Polizisten los. Wenig danach kam dieser mit dem Makler zurück.

In unserem Beisein sagte ihm der Wachhabende, dass er von einer sofortigen Verhaftung absehen würde. Allerdings würde diese sofort vollzogen, sollten wir Deutsche in der Zukunft auch nur die kleinste Schwierigkeit haben. Mit nochmals ernster Warnung versehen wurde der Makler entlassen. Uns verabschiedete der Polizist mit der Zusicherung aller Hilfe im Falle weiterer Bedrohungen. Die oft gehörte Behauptung, die Kreter würden im Falle von Problemen eher ihre Landsleute unterstützen, löste sich so in Luft auf. Man muss nicht alles glauben, was von sogenannten »Kennern der Insel« in die Welt gesetzt wird.

Ich will zugeben, dass wir dennoch verunsichert waren. Auch die Zusage unserer Nachbarn, Jiannis und Vangelio, mit denen wir Wand an Wand wohnen, uns zu Hilfe zu kommen, beruhigte uns nicht unbedingt. Jannis hatte zwar – wie alle Griechen – mindestens eine Pistole. Aber was sollte er tun, wenn er weit entfernt auf dem Feld arbeitete und gar nicht eingreifen könnte.
So waren auch die Nächte in unserem letztendlich offenen Rohbau hinsichtlich des Schlafes etwas unruhig.
Der Makler stammte, wie wir wussten, aus dem Gebiet der Sfakia, den weißen Bergen im Westen der Insel, in denen die Blutrache bis heute Ehrverletzungen, wenn sie denn als solche gesehen werden, blutig regelt.

Waren wir wirklich gefährdet?

Nächtliche Überraschung

Es war einer der heißen Tage im Herbst, das Atmen fiel uns schwer, die Luft flimmerte über der Messara, Menschen und Tiere suchten Linderung und Kühle im Schatten der Häuser und Bäume. Das Meer lag blau und teilnahmslos in der flirrenden Hitze da. Das Thermometer stand am Tag bei 39 °C und sank bis die Nacht hereinbrach nur auf 25 °C. Um Mitternacht gingen wir ins Bett und versuchten zu schlafen. Wir hatten uns vorher kalt geduscht und uns noch feucht hingelegt, um die entstehende Verdunstungskühle zu nutzen.

Noch nicht lange eingeschlafen, weckte uns ein eigentümliches Geräusch vor dem Haus. Die Stille der kretischen Nächte ist, abgesehen von dem Zirpen der Zikaden, dem Pfeifen der Käuzchen oder dem Schreien eines Esels, gewaltig. Sie ist so umfassend, dass wir in den ersten Tagen nach der Ankunft auf der Insel schon der Stille wegen nicht gut schlafen konnten.

Und nun war da dieses unbekannte Geräusch, dem wir nichts zuordnen konnten.

Natürlich dachten wir an die Drohungen, die wir erhalten hatten. Langsam setzten wir uns im Bett auf und versuchten, durch das Fenster auf den vor unserem Haus vorbeigehenden abschüssigen Weg zu sehen. Es war dunkel, nur der Mond warf ein fahles Licht.

Plötzlich war das scharrende Geräusch wieder zu hören. Gespannt sahen wir aus dem Fenster und erkannten, wie eine gebückte Gestalt den Weg vor unserem Haus emporschlich. Wir überlegten gerade, was wir tun sollten, als die Gestalt plötzlich in der entgegengesetzten Richtung den Weg bergab rannte. Wir wollten uns gerade zurücklegen, als dasselbe wieder ablief. Mit scharrenden Schritten bergauf bis zu unserem Hofeingang, ein kurzes Verharren und dann wieder zügig mit schnellen Schritten bergab. Was tun?! Wir trafen eine Entscheidung.

Als wir wieder die eigentümlichen Schritte sich nähern hörten, ergriffen wir die Initiative sowie unser größtes Küchenmesser zur Verteidigung, öffneten vorsichtig unsere Küchentür und schlichen uns der Gefahr entgegen.

Dann allerdings brachen wir mitten in der Nacht in ein befreiendes Gelächter aus.
Das unheimliche Wesen war ein Ziegenbock, der sich von seinem Seil losgerissen hatte und die Nacht für einen unverhofften Spaziergang nutzte.

Als wir unser Erlebnis am nächsten Tag unseren Nachbarn erzählten, hatten alle ihren Spaß an der Geschichte – und natürlich auch mit uns.

Mobilitätsprobleme

Das Dorf Alithini liegt vier Kilometer von der nächst größeren Stadt Mires und zwölf Kilometer vom Meer entfernt. Das hat den großen Vorteil, dass – wenn überhaupt – Touristen nur sporadisch hindurchfahren. Keine Taverne im Ort heißt eben auch – wie wir ja selbst erfahren hatten –, dass Touristen keinen Anlass sehen, ohne Not anzuhalten. So beschränkte sich die Motorisierung im Ort auf Traktoren, ein paar Mopeds und Pritschenwagen. Ein Bus kam morgens um sieben Uhr, holte die Schulkinder und brachte sie am Nachmittag zurück. Weitere Verbindungen gab es nicht.

Wir waren gezwungen, etwas für unsere Mobilität zu tun. Auf die Dauer war uns das Mieten von Motorrädern oder gar einem Auto zu teuer. Die Lösung des Problems ließ nicht lange auf sich warten.

Ein befreundetes Ehepaar aus der Nähe von Tübingen reiste mit seinem Camper nach Kreta. Zufällig kamen wir darauf zu sprechen. Wir fragten, ob sie wohl noch Platz für zwei Mopeds hätten, die bei uns in der Garage in Tübingen schon eine Weile unbenutzt herumstanden.»Na klar«, war die Antwort, »ihr müsst sie nur in möglichst kleine Päckchen verstauen.« Gesagt, getan. Ich baute die Motoren, die Räder und die Lenkung ab, sodass die Rahmen übrig blieben. Diese wurden auf dem Dach des Campers samt den Surfbrettern verzurrt und die weiteren Einzelteile in allen Freiräumen, die das Auto hergab, untergebracht. So kamen wir auf Kreta zu zwei eigenen Mofas, die uns nach dem Zusammenbau erst einmal treue Dienste leisteten.

Unsere Dörfler beäugten unsere neuen Gefährte äußerst skeptisch, und das sicher nicht zu Unrecht. Die Straßen der Umgebung – insbesondere die in die Bergregionen – waren alles andere als komfortabel zu nennen. Geteert waren nur die Hauptverbindungsstraßen. Aber auch diese wiesen heimtückische Schlaglöcher auf, die bei Nachtfahrten sehr gefährlich waren. Alle anderen Straßen waren geschottert, mit Löchern und Querrillen übersät. So nahmen uns unsere griechischen Freunde das Versprechen ab, immer vorher mitzuteilen, wohin wir fahren wollten und vor allem, wann wir zurück zu sein gedachten.

Das war natürlich nicht immer zu erfüllen, denn eine Fahrt ins kretische Land ist jederzeit für Überraschungen gut.

Die Sache mit dem Feldschützen

So waren wir auf der Heimfahrt von einem ausgedehnten Badetag am Strand von Kommos. Unseren ersten Durst hatten wir bereits in einer der nahe liegenden Tavernen gestillt, als wir durch Petrokefali kamen, eines der Dörfer an der Strecke und mit einer ruhigen, gemütlichen Platia. Dort hatte unser Freund Diogenes ein kleines Kafenion und wir beschlossen, noch einen Halt einzulegen.

Erfreut über unsere Ankunft bewirtete er uns zuerst mit Raki und brachte frische Feigen, Gurken mit Salz, Erdnüsse und Feta. »Bei Trinken, du musst immer essen«, pflegte er zu sagen. Mit jedem Raki, den wir tranken, wurden die harten kretischen Stühle bequemer. Diogenes erzählte von seiner Zeit als Gastarbeiter in Deutschland, von der schweren Arbeit in einer Ziegelfabrik bei Kassel. Von der anfänglichen Einsamkeit und von seinen Kollegen, die ihn als ihresgleichen aufgenommen hatten. »Deutschland war beste Zeit von meine Leben«, sagte Diogenes. »Ganz viel schwere Arbeit, aber auch ganz viele Freunde.«
Die Nacht war längst hereingebrochen, da saßen wir

immer noch vor dem Kafenion und tranken auf die Gesundheit. Aus einer Nebenstraße tauchte plötzlich ein Traktor auf, der langsam vorbeifuhr und dann im Dunkel wieder verschwand. Sein Getucker war noch eine Zeit zu hören. Irgendwann war Diogenes auf seinem Stuhl eingedöst, sodass wir uns auf unsere Mopeds schwangen und uns vorsichtig und langsam auf den Weg nach Hause machten.

Als wir am nächsten Tag wie üblich unseren Nachbarn von unserer Unternehmung berichten wollten, grinsten uns diese nur an und sagten: »*Xerome, pu isaste* – wir wissen, wo ihr wart.« Verdutzt schauten wir sie an, bis sie das Rätsel auflösten.

Nachdem wir am vorigen Abend zur üblichen Zeit nicht zu Hause waren und sie sich Sorgen wegen unserer »Fahrzeuge« und den Schlaglöchern auf den Straßen gemacht hatten, hatten sie den Feldschützen mit dem Traktor losgeschickt, um uns zu suchen. Diesen hatten wir ja gesehen.

Ins Dorf zurückgekommen meinte er, dass alles in Ordnung sei. Wir lägen nicht verletzt in einem Straßengraben, sondern säßen sehr vergnügt in Petrokefali beim Raki.

Der 1. Mai

Auf Kreta – wie in ganz Griechenland – ist der 1. Mai der zweitwichtigste Feiertag nach Ostern.
Wenn nun, was vorkommen kann, Ostern und der 1. Mai zusammenfallen, haben sich die Griechen natürlich etwas einfallen lassen. Dass der Maifeiertag ausfällt, darf nicht passieren. Deshalb wird in diesem Fall der 1. Mai einfach um ein paar Tage verschoben und quasi nachgefeiert. Das gibt es sonst nirgends auf der Welt.

In den ersten Jahren unserer Urlaube auf Kreta war es üblich, dass alle Familien des Dorfs mit Sack und Pack in die Felder der Messara zogen. Dort wurden unter den Bäumen Sonnendächer aufgestellt und die mitgebrachten Tische und Stühle aus den Fahrzeugen geholt.
Danach wurden zwei Feuer angezündet, nachdem jeweils eine Erdkuhle ausgehoben worden war. Das eine Feuer diente als Grillfeuer, das zweite dazu, um für das erste immer vorgeglühtes Grillholz zur Verfügung zu haben. (Ein Verfahren, das wir gleich nach Deutschland exportiert haben.) Dann wird Lamm- oder Ziegenfleisch aufgelegt und gegrillt. Oft werden die ganzen Lämmer auch

am Spieß gebraten. Um diese Zeit müssen alle diese Tiere um ihr Leben bangen, denn zum 1. Mai werden ganze Herden verspeist.

Die meisten Bauern unseres Dorfes haben neben ihren Äckern kleine einfache Steinhäuser stehen, darin es auch eine Kochgelegenheit gibt. Hier kochen und backen, frittieren und braten die Frauen an diesem Tag alles, was das Herz begehrt. Die Männer ziehen indessen von Häuschen zu Häuschen, nehmen ein paar Becher Wein und essen von den angebotenen Leckereien. Überall tönt aus den Lautsprechern kretische Lyramusik und natürlich die Mantinaden.

Ertönt ein besonders schönes Stück, bildet sich sofort ein Kreis mit Tänzern und Tänzerinnen. Der Anführer springt und tanzt Figuren mit verwirrenden Schrittfolgen, wogegen die Kreistänzer in ruhigen Grundschritten folgen. Dann wechselt der Anführer an das Ende des Tanzkreises und der nächste in der Reihe beginnt sein Solo.

Der Tanz ist in Kreta Ausdruck von Lebensfreude und überschäumender Gemütswallung. Kazantzakis ließ seinen Alexis Sorbas ausrufen: »Wenn dir die Worte fehlen, dann tanze sie!«
Es hat uns immer wieder berührt, wie unsere Alten im Dorf, die von Hüft- und Knieproblemen geplagt waren, im Tanz ihre Schmerzen überwanden und sich im Kreis leicht wie Federn bewegten.

In den »Verpflegungsstationen« wechselten ständig die Gäste. Nur die Frauen blieben immer am Ort, sorgten für Nachschub und wuschen Gläser und Teller für die nächsten »Durchreisenden«.

Dabei machten sie keinen unglücklichen Eindruck und reihten sich, wenn ein neuer Tanz begonnen wurde, schnell im Kreis ein.

Auch die Jugendlichen und schon Kleinkinder tanzten mit (manchmal auf dem Arm der Mutter oder des Vaters) und lernten so wie selbstverständlich Rhythmen und Schrittfolgen der Tänze.

So verging der Tag in glücklicher Einfachheit. Am Abend wurde alles wieder eingepackt und in den Autos verstaut.

Man wünschte sich eine gute Nacht, die Lichtkegel der Scheinwerfer zeigten zum Dorf und die Messara versank in Nacht und Stille.

Plattfuß in Kali Limenes

Von Pompia aus führt eine Passstraße über die Asterussiaberge nach Kali Limenes. Die Straße windet sich in steilen Serpentinen über einen Bergsattel. Man erreicht Pigaidakia, ein Bergdorf hoch am Hang mit Sicht zum Lybischen Meer. Es war eine schlechte Schotterpiste mit Steinplatten und Schlaglöchern, die wir unseren kleinen Mofas zumuteten. Im Dorf angelangt, machten wir eine Rast, bis die Motoren wieder etwas abgekühlt waren. Dann ging es die Straße hinab, und wieder hinauf zu der zweiten Passhöhe. Weit und breit war keine Menschenseele zu sehen. In nordöstlicher Richtung am gegenüberliegenden Berghang waren die Gebäude des wichtigen Klosters Odigitrias zu sehen. Dieses Kloster war ein Widerstands- und Verbindungsnest schon gegen die Türken gewesen und hatte dieselbe Funktion auch während der deutschen Besetzung gehabt.

Wir fuhren nun die stark abschüssige Straße mit ihren Haarnadelkurven hinab und erreichten das Fischerdorf Kali Limenes, das versteckt und vor Stürmen geschützt in einer Bucht liegt.

Vor dem Dorf erstreckt sich ein Kiesstrand, an dessen Seite zum Berg eine Reihe alter Tamarisken steht. Diese Bäume sind unempfindlich gegen das Salzwasser, das so nahe am Meer in den Grundwasserbereich eindiffundiert. Im Meer liegen einige große Felsen und der Meeresboden fällt nach wenigen Metern in eine blaue grundlos scheinende Tiefe hinab. Schwärme von kleinen und größeren Fischen bewegen sich schwerelos in einer faszinierenden Welt.

Nach einem erfrischenden Bad und einem Imbiss in einer der kleinen Fischtavernen wollten wir den Rückweg antreten. Aber wieder einmal hatten wir die Rechnung ohne den »Wirt Kreta« gemacht. Mein Mofa hatte Plattfuß am hinteren Reifen. Dummerweise hatten wir an Flickzeug und Werkzeug nicht gedacht.

So versuchten wir, ein Telefon zu finden. Aber in diesem einsamen Ort war ein solches nicht zu finden, und der kleine Polizeiposten, den wir entdeckten, war nicht besetzt. Langsam begann es zu dämmern und wir stellten uns gerade darauf ein, die Nacht am Strand zu verbringen, um am nächsten Tag die lange Wanderung in unser Dorf Alithini anzutreten.

In diesem Moment kam ein Pick-up die Straße entlang und hielt unmittelbar vor uns. Jannis, einer unserer Dorfbewohner, stieg aus und fragte uns nach der üblichen Begrüßungszeremonie »*ti kanete* – wie geht's?« und unserer Antwort »*etsi-ketsi* – ziemlich durchwachsen«, wo unsere Probleme liegen. Wir zeigten ihm unseren »Plattfuß«. Er lachte nur und meinte: »Wenn es sonst nichts ist … Ich muss noch eine Stunde aufs Feld, um zu gießen. Dann komme ich zurück und hole euch ab.« Er kam zwar erst nach zwei Stunden – aber das konnte unsere Freude über den doch noch guten Ausgang unseres Ausflugs nicht schmälern. Auf der Ladefläche des Pick-up zusammen mit unseren Mopeds kamen wir wohlbehalten zurück in unser Dorf.

Die geheime Dorfhöhle

Unser Dorf Alithini liegt an der Nordwestflanke des Asterussia-Gebirges. Der namenlose Hausberg steigt steil hinauf, ist aber gut begehbar. Von seinem Gipfel aus kann man weit über die Insel und hinaus aufs Meer schauen. Besonders der Sonnenuntergang ist von dort oben aus gut zu verfolgen. Noch vor 40 Jahren war an dieser Bergflanke ein Marmorsteinbruch in Betrieb, der damals den männlichen Dorfbewohnern Arbeit und Brot gab. Es war eine schwere Arbeit, denn die Unterstützung durch Maschinen wurde nur in großen Steinbrüchen eingeführt. In vielen Küchen des Dorfes ist bis heute noch der schwarz gemaserte Marmor als Arbeitsplatten zu finden und die älteren Männer erzählten oft von der vergangenen Zeit. Als der Marmorbruch wegen Unwirtschaftlichkeit geschlossen wurde, besannen sich die nun arbeitslosen Kreter auf ihr traditionelles Bauerntum und kehrten zurück zur Landwirtschaft. Viele Jahre lagen oben auf der Lagerebene noch gewaltige Marmorblöcke, an denen die Bohrlöcher zu sehen waren, mit Hilfe derer die Blöcke aus dem Fels gesprengt wurden.

Unser Freund Michail hatte dort oben ebenfalls lange Zeit malocht und kannte das Terrain wie seine Westentasche. Eines Abends, wir saßen beim obligatorischen Raki, erzählte er von einer Höhle, die irgendwo dort oben in den Felsen liegt. Diese Höhle wurde während der Zeit der türkischen Besetzung immer dann als Zuflucht genutzt, wenn die Türken eines der häufigen Massaker planten. Die Geheimhaltung des Höhleneingangs und die Verschwiegenheit aller Dorfbewohner war eine Überlebensnotwendigkeit in dieser schweren Zeit. Michail beschrieb auch eigentümliche Kultgegenstände, die in der Höhle zu finden seien und die wohl aus einer längst vergangenen Zeit stammten. Auch ein riesiger Stalagmit befände sich dort. Ob wir diese Höhle einmal sehen wollten? Was für eine Frage!

Bereits am nächsten Morgen stiegen wir den Berg hinauf. Michail ging voraus. Seine Schritte waren gemessen. Eigentlich war das kein Gehen, es war ein Schreiten. Man kann dasselbe bei alten Bergführern sehen, für die ein Schritt nach dem anderen das immer wiederkehrende Maß der Bewegung ist.

Wir kamen vorbei am alten Marmorbruch, weiter über schmale Ziegenwege durch die Maccia, zwischen wilden Steinblöcken hindurch, gingen unter der senkrechten Felswand des Gipfels mit den Falkenhorsten. Über den Bergrücken zog sich eine schwer begehbare Karstlandschaft mit großen verwitterten Kalkfelsen und hüfthohem Gestrüpp. An einem der vielen Felsen hielt Michail an. Ein herrlicher Blick bot sich uns über die Grate des Asterussia-Gebirges, hinüber zum Kofinas, dem höchsten Gipfel. Michail hatte

keine Augen für die Schönheit des Augenblicks, sondern ging suchend hin und her. Plötzlich rief er: »*Ela* – hierher!« Er hatte den Höhleneingang gefunden. Dieser war zugewachsen. Niemand hätte an dieser Stelle einen Höhleneingang vermutet. Hinter dem Gestrüpp war eine schmale Einstiegstelle zu sehen, durch die wir uns hindurchzwängen mussten. Vorsicht war geboten, denn die Wand fiel sofort drei Meter senkrecht hinunter. Uns gegenseitig stützend kamen wir wohlbehalten auf dem Boden der Höhle an. Es war dunkel und unsere Augen brauchten eine Weile, um sich an die Lichtverhältnisse anzupassen. Hoch über unseren Köpfen fiel ein schwacher Lichtschein in den Raum. Wir hatten Taschenlampen mitgebracht und begannen in deren Schein unsere unterirdische Umgebung zu erkunden.
Michail rief immer wieder: »*Prosochi, prosochi* – Vorsicht, Vorsicht!« Da sahen wir plötzlich, weshalb er uns mahnte aufzupassen. Direkt vor uns waren drei runde senkrecht verlaufende Löcher mit einem Durchmesser von etwa einem halben Meter.
Eigentlich nicht ungewöhnlich für ein Kalksteingebirge. Aber diese »Teufelslöcher«, wie sie bei uns auf der Schwäbischen Alb oft genannt werden, waren außerordentlich tief. Wir warfen einen Stein hinunter und mussten lange warten, bis wir ihn unten aufschlagen hörten. Eigentlich war es ein leises »Platsch« – tief unten gab es offensichtlich Wasser.
Vorsichtig umrundeten wir die gefährliche Stelle und schauten uns in der Höhle weiter um. Herrliche Stalagmiten und Stalaktiten wuchsen sich entgegen. Mitten im

Raum jedoch stand ein riesiger Stalagmit, sicherlich zwei Meter hoch. An seinen Seiten waren eingeschlagene Hohlräume, in denen kleine Töpfchen und Tonfiguren standen. Offensichtlich war dies einst ein Opferstein. Die Stele hatte nach oben hin schwarze Rauchspuren, wohl von den Öllampen, die bei den Zeremonien gebrannt hatten. An seinem Fuß war er mit grünen und gelben Flechten und Moosen bewachsen. In den seitlichen Nebenräumen der Höhle fanden sich Scherben und Knochen. Überbleibsel der Menschen, die diese Höhle als Fluchort genutzt hatten.

Wir ließen die Atmosphäre der Höhle eine Zeit lang auf uns wirken. Allmählich wurde es uns jedoch kühl und wir begannen mit dem Ausstieg. Wieder zurückgekehrt in die Wärme der kretischen Sonne stiegen wir langsam in unser Dorf hinab.

Viel wurde nicht gesprochen, denn das Erlebte wirkte in uns nach. Am meisten freute uns, nun ein Geheimnis unseres Dorfes zu kennen.

Backtag in Alithini

Unsere Freundin Elektra ist eine hervorragende Köchin und kann aus dem Gemüse, das ihr Mann Michail vom Feld mitbringt, die herrlichsten Gerichte zaubern. Vorweg einen oder zwei Raki, im Frühjahr mit wilden Artischocken oder gefüllten Kürbisblüten oder Gurken im Herbst.
Dann der Hauptgang mit dem Gemüse, gebratenen Kartoffeln, mit Lamm- oder Ziegenfleisch und zum Nachtisch Obst.
Das Fleisch wird mit einem kleinen Küchenmesser zerteilt und ansonsten mit den Händen gegessen. »Frauen und Fleisch berührt man nur mit den Händen«, heißt ein kretisches Sprichwort.
Als wir das erste Mal zum Essen eingeladen waren und das »deutsche Besteck« suchten, wurden wir ausgelacht mit den Worten: »Die Deutschen haben keine Finger – sie brauchen Messer und Gabel!« Das passierte uns aber nur ein Mal!

Einmal im Monat wurde gebacken – heute ist das leider »aus der Mode« gekommen. Michails Elternhaus ist das

höchstgelegene des Dorfes. Die Aussicht von dort auf das Ida-Gebirge ist faszinierend. Das Besondere ist jedoch, dass dieses Haus einen großen Backofen besitzt, der in einem Nebenraum eingebaut ist. Michail erzählte, dass er zusammen mit seinem Vater die notwendigen feuerfesten Steine auf Eseln in tagelangen Wanderungen ins Dorf brachte. Dann hatte sein Vater den Ofen selbst gebaut.
Der Backraum ist so groß, dass ein Erwachsener aufrecht darin stehen kann. Entscheidend für die Funktion ist jedoch die Ausbildung der Ofenkuppel. Sie wird nach alten Erfahrungen geformt und wie die Kuppeln der großen Kathedralen mit einem genau passenden Schlussstein geschlossen.
Mittels eines umgekehrt aufgesetzten Pithos wird der Rauchabzug bewerkstelligt. Elektra bereitete im Haus der Schwiegermutter in einer großen Holzwanne den Brotteig vor. Es ist eine schwere Arbeit, die große Teigmenge zu kneten, und meine Frau arbeitete kräftig mit, was beifällig gewürdigt wurde.

In der Zwischenzeit hatte Michail den Ofen mit Olivenreisig gefüllt und dieses angezündet. Das Ofenloch wurde mit einer Eisenplatte geschlossen. Trotzdem war das feurige Inferno im Ofen zu hören. Als das Feuer heruntergebrannt war und der Ofen die gewünschte Temperatur hatte, räumte Michail die Asche heraus und wischte den Boden des Ofens mit einem nassen Feudel aus.

Zwischenzeitlich war der Teig gegangen und die Frauen hatten die Brote geformt. Auf Holzbrettern wurden sie in den Backraum getragen. Elektra stellte auf einen Felsvorsprung im Raum ein kleines Tellerchen mit etwas Teig und Olivenöl. Ich sah ihr erstaunt zu und fragte nach dem Grund. Elektra meinte: »Das ist für die Götter.« Und nach einer kleinen Pause: »Damit das Brot gut wird.« Das ist Kreta. Trotz aller christlichen Frömmigkeit und allen Glaubens bleibt doch etwas Archaisches, etwas Vorchristliches spürbar. Die alten Götter leben noch auf der Insel und bekommen Ehrerbietung.

Die 80 Brotlaibe wurden nun an ihrer Oberseite mit einem Messer eingeschnitten, in den Ofen eingeschossen und waren nach einer Stunde fertig gebacken. Dann wurden sie herausgenommen und aufgestellt, um abzukühlen.
Ein Teil der Brote wurde nun zum sofortigen Verzehr auf die Seite gelegt. Die Mehrzahl jedoch an den Schnittstellen in Stücke gebrochen und wieder in den Ofen geschoben. Dieses Brot bleibt dann die ganze Nacht über darin und wird zu Paximadi, dem harten kretischen Zwieback. Dieser kann sehr lange in Stoffsäcken aufbewahrt werden und war in früheren Zeiten ein wichtiger Nahrungsvorrat.
Vor dem Essen werden die harten Brotstücke kurz in eine flache Schale mit Wasser getaucht, man lässt dieses kurz einziehen und kann dieses Brot dann ein paar Minuten später essen. Es schmeckt köstlich.
Elektra hatte zwischenzeitlich eines der frisch gebackenen Brote aufgebrochen und wir alle aßen es zusammen mit Wein, Oliven und Käse.
So beendeten wir den »Backtag«, saßen im Kreis vor dem

Ofen, sahen hinaus über die Messara und das gegenüberliegende Gebirge, erzählten uns Geschichten und waren alle einfach nur zufrieden.

Motorradfreuden

Die hohen Belastungen, denen unsere beiden Mofas ausgesetzt waren, zeitigten allmählich irreparable Rahmenschäden. Wir mussten uns trennen, so viel war klar. Also, was tun?

Wieder einmal hatte meine Frau eine ihrer »berüchtigten Ideen«.
»Wir kaufen uns in Deutschland zwei gute gebrauchte Enduros und fahren diese nach Kreta.« Sofort nahm sie Kontakte auf und fand tatsächlich zwei identische zum Verkauf stehende Motorräder.
Mit einem Anhänger wurde mein Schwiegervater losgeschickt, diese zu besichtigen und bei Gutbefund zu kaufen und gleich mitzubringen. Beide Maschinen standen in Norddeutschland.
Als ein paar Tage später mein Schwiegervater anrief, sagte er nur: »Alles erledigt. Ich komme.« Wir waren gespannt wie die Flitzebogen.

Zwischenzeitlich hatten wir bereits weitergeplant und ich gab zu bedenken, dass meine Frau ja keinen Motorrad-

führerschein hatte. Mit ihrer üblichen Lässigkeit meinte sie: »Die paar Kilometer durch Deutschland und Italien nach Ancona fahre ich auch ohne!« Aber da legte ich ein energisches Veto ein. »Nie im Leben. Das gibt's mit mir nicht!« – »Weichei«, bemerkte meine Frau, griff aber bereits zum Telefon, um mit einer Fahrschule zu verhandeln.
Aber da hatte sie die Rechnung ohne den Wirt gemacht. Als die Fahrlehrer das Alter meiner Frau erfuhren, war die anfängliche Euphorie, einen neuen Fahrschüler zu bekommen, schlagartig verschwunden. Alle hatten plötzlich wegen hoher Auslastung keine Zeit mehr.
Lediglich ein einziger Fahrlehrer im Umkreis von Tübingen, eine lockere Type und selbst Biker, war sofort bereit. Im Eiltempo erledigte meine Frau die Theorie ebenso wie die verlangten Schul- und Sonderfahrten. Im November hatte sie dann ihren Führerschein – ihre »Eintrittskarte zur Freiheit«, wie sie sagte.
Damit hatten wir bis zum Frühjahr noch genügend Zeit, eine Reihe von Testfahrten über die Schwäbische Alb zu absolvieren.

Mein Schwiegervater war natürlich längst eingetroffen und hatte uns zwei Enduros mitgebracht, die sogar farblich völlig gleich waren. Das wurde ausgiebig gefeiert.

Ende April des folgenden Jahres machten wir uns dann fertig für die große Reise. Wir verstauten die wichtigsten Utensilien einigermaßen wasserdicht und ab gings.

Auf Nebenstraßen fuhren wir durch das Allgäu und Bayern, durch Österreich, über die Pässe Südtirols nach Italien. Dann gönnten wir uns eine Übernachtung. Entlang der adriatischen Küste gelangten wir in den Hafen von Ancona.

Unsere Fähre wartete bereits und so konnten sich unsere malträtierten Rückseiten in den anderthalb Tagen der Überfahrt etwas erholen. Das Schiff brachte uns nach Patras, die alte Hafenstadt auf dem Peloponnes. Das Wetter war stürmisch. Wir fuhren die Küstenstraße entlang über den Kanal von Korinth nach Piräus. Die rund 230 Kilometer legten wir in Schräglage gegen den Wind zurück.

Das Hafenvorland von Piräus mit Fabriken, Raffinerien und allen möglichen verrotteten Gebäuden war alles andere als einladend und wir waren froh, als wir unsere Maschinen auf der Fähre nach Kreta verstaut hatten. Entspannt und mit einem Ouzo in der Hand schauten wir vom Schiff aus dem Getümmel im Hafen zu.

Am nächsten Morgen gegen sechs Uhr erreichten wir den Hafen von Heraklion.
Noch eine Stunde Fahrt bis nach Hause.

Zum Kloster Kuduma

Mit den leistungsfähigen und vor allem geländegängigen Enduros eröffneten sich uns natürlich viel mehr Möglichkeiten, die Insel zu erkunden. Schon seit Langem wollten wir zum Kloster Kuduma fahren, das in einer Bucht direkt am Meer liegen sollte und sehenswert sei. Dorthin führen Schotterstrassen, die »*poli kakos* – sehr schlecht« seien, wie uns die Einheimischen erklärten.

Früh am Morgen fuhren wir los Richtung Kapetaniana, einem alten Piratennest, hoch in den Asterussiabergen. Dieses Dorf ist an die obere Kante eines 600 m tiefen, felsigen Steilabhangs geklebt.
Die Einwohner waren äußerst ablehnend und wortkarg, als wir sie nach dem weiteren Weg zum Kloster fragten. Schließlich wiesen sie auf den Kofinas, den höchsten Berg mit charakteristischer Felsformation und meinten: »*chiro tu* – um ihn herum«. Als wir sie fragend anblickten, zeigten sie auf eine imaginäre Strasse – *dromos* – und wandten sich ab.
Wir fuhren in die angegebene Richtung und befanden

uns nach kurzem in nahezu weglosem Gelände. Ohne unsere Enduros wäre es ein aussichtsloses Unterfangen gewesen. Wir wussten, dass in solchen Gegenden möglicherweise vorhandene Wegweiser in Gräben liegen können. Und siehe da, unsere Suche lohnte sich. Ein verrostetes Schild, auf dem kaum lesbar »Kuduma« stand, zeigte hinauf zum Fuß des Berges Kofinas. Wir fuhren also den Berg hoch, der so steil war, dass wir nicht erkennen konnten, wohin der Weg weiterführen würde. Als wir an seinem Grat angekommen waren, blieb uns nur noch eine Notbremsung. Direkt hinter der höchsten Stelle stürzte eine Wand senkrecht hinab. Als sich unser Puls wieder normalisiert hatte, konnten wir von dort oben eine schmale Straße an der nördlichen Hangflanke entdecken, die in vielen Windungen und Serpentinen zum Meer hinab führte. Das musste unser Weg sein Vorsichtig stotterten wir den Ziegenpfad wieder hinab, bis wir auf den von oben erkannten Feldweg trafen.

Dieser schlängelte sich in seinem Verlauf an steilen Felsformationen vorbei, war teilweise ausgewaschen und abgerutscht. Aber tief unter uns konnten wir die gesuchte Klosteranlage erkennen, die, wie uns beschrieben, direkt am Meer liegt und bergseitig durch einen ausgedehnten Pinienwald sowie Olivenhaine geschützt ist.
Nach endlos scheinenden Kurvenfahrten auf sandig-schottrigem Untergrund erreichten wir das Kloster. Erst nach dem Absteigen spürten wir die Anstrengung der Fahrt, denn uns zitterten die Knie.
Das Kloster selbst liegt an einer wunderschönen Bucht

mit einem kleinen Sandstrand. Alles lädt zum Baden ein, was wir dann auch taten.
Nach der Erfrischung betraten wir das Kloster und besichtigten Kirche und Wirtschaftsgebäude. Es gibt dort für Wanderer auf der Durchreise wie auch für Pilger einfache Zellen zur Übernachtung. Die Verpflegung muss allerdings mitgebracht werden.
Kazantzakis beschreibt in seinem Buch »Freiheit oder Tod« das Kloster als Anlaufstelle für Widerstandskämpfer, die gegen die Türken kämpften. In dieser Bucht wurden die Verpflegung und auch die benötigten Waffen von den Versorgungsschiffen gelöscht.
Dieselbe Funktion hatte das Kloster übrigens auch während der deutschen Besetzung Kretas.
Wir konnten uns nicht allzu lange aufhalten, denn der Rückweg war weit, und wir wollten auf keinen Fall in die Dunkelheit kommen.
Aber ebenso wollten wir das unfreundliche Kapetaniana meiden. So entschlossen wir uns für die zwar weitere, aber dafür fahrtechnisch weniger anstrengende Strecke über den Pass nach Sternes auf der Nordseite des Gebirgszuges. Von dort aus fuhren wir durch die Messara zurück in unser Dorf Alithini.

Fahrt zur Lassithi-Hochebene

Für jeden Kreta-Freund ist der Besuch der Lassithi-Hochebene nahezu eine Pflicht. Diese liegt 850 m über dem Meer, ist nahezu kreisrund und durch das Schwemmland sehr fruchtbar. Seit Urzeiten werden hier Obstbäume, Getreide und Kartoffeln angebaut.
Auch wir wollten uns dieses landschaftliche Erlebnis nicht entgehen lassen. So fuhren wir entlang des Asterussia-Gebirges bis nach Pirgos und von dort aus in nördlicher Richtung quer durch die Insel bis zum Fuß der Dikti-Berge, in deren Hochregion die Lassithi-Hochebene liegt.
Schon damals war eine breite asphaltierte Straße hinauf gebaut worden, auf der ganze Kolonnen von Bussen Touristen hinauf- und wieder hinunterkarrten.
Den Erzählungen früherer Jahre folgend meinten wir, die fruchtbare Hochebene wenigstens noch mit einem Teil der segeltuchbespannten Windräder erleben zu können. Welche Enttäuschung! Nichts davon. Die Hochebene lag in herrlichem Sonnenlicht da – aber kein einziges Windrad war mehr zu entdecken. Nur die eisernen und verrosteten Gestelle waren zu sehen und vermittelten nicht mehr als einen morbiden Charme.

Zwischenzeitlich haben Dieselpumpen die Aufgabe der Windräder übernommen, die vordem das Grundwasser eben mit Windkraft hochgepumpt und die Felder bewässert hatten. Nulltarif gegen nunmehr erhebliche Kosten – wer kann das verstehen außer den kretischen Bauern.

Gemächlich fuhren wir die Runde und hielten im Dorf Psychro am Aufstieg zur Zeus-Geburtshöhle an. Natürlich stiegen wir den steinigen und steilen Weg hinauf, um die mystische Höhle zu besuchen.

Ungeachtet der Touristen, die sich unter dümmlichem Geschrei auf Maultieren den Berg hochtransportieren ließen, kamen wir oben an, bezahlten unseren Eintritt und stiegen mit unseren mitgebrachten Kerzen in die Höhle hinab.

Hier soll der Überlieferung nach der als Göttervater verehrte Zeus geboren worden sein. Die Ziege Amaltheia versorgte ihn mit Milch, die Biene Melissa mit Honig. Seine Mutter Rhea versteckte ihn dort vor seinem Vater Kronos, der alle seine Kinder verschlang, weil laut einer Prophezeiung ihn eines davon als Herrscher stürzen würde.

Rhea ließ auch die Kureten, bewaffnete Priester, auf die bronzenen Schilde schlagen, damit der Lärm das Schreien des kleinen Zeus übertönen sollte.

Interessanterweise wurden 1955 in der Höhle zwei aus der minoischen Epoche stammende Bronzeschilde gefunden.

Die Menge der Menschen ließen jedoch keine Verbindung zur archaischen Vergangenheit der Höhle aufkommen und so verließen wir den entweihten Ort sehr schnell.

Und fuhren die Lassithi-Runde zu Ende, wieder dorthin, wo die steinernen Windmühlen wie Wächter am Abhang stehen und die Straße ins Tal hinunterführt.

In einem kleinen Dorf, das wir abseits der Hauptstraße passierten, hielten wir vor einem Kafenion, um etwas zu trinken.
Die Wirtin brachte den gewünschten Hauswein und wir bestellten als Meze dazu eine Portion Fischchen – gebratene Sardinen.
Am Nebentisch saß ein gepflegter älterer Kreter, der uns aufmerksam beobachtete.
Die Fische wurden gebracht und wir aßen sie mit Genuss – natürlich mit den Händen, wie landesüblich. Man fasst sie an Kopf und Schwanzflosse, nagt eine Hälfte bis zur Mittelgräte ab, dreht den Fisch herum, dasselbe noch einmal und fertig.

Unser Beobachter rief uns plötzlich ein »Guten Appetit« herüber. Wir dankten auf Deutsch und er fragte, ob er sich an unseren Tisch setzen dürfe. Wir willigten erfreut ein.
Er erzählte uns, dass er 35 Jahre lang Lehrer in diesem Dorf war. Außerdem interessiere er sich sehr für Germanistik und deutsche Sprache insbesondere. Leider habe er, seit die Umgehungsstraße das Dorf seitlich liegen lässt, nur noch wenige Möglichkeiten, sich in dieser Sprache zu unterhalten.

Nebenbei fragte er uns, wie uns die Fische geschmeckt hätten. »Sehr gut«, gaben wir zur Antwort. Worauf er uns bat, kurz zu warten. Er stand auf und verschwand in einem der nächsten Häuser, vor dem ein wunderschönes Rosenbeet angelegt war.

Nach etwa einer Viertelstunde kam er mit einem Teller voll gebratener Fische zurück. »Die hat meine Frau zubereitet«, sagte er lächelnd. »Probiert mal.«
Und, in der Tat, sie waren noch besser als die bestellten. »*Inai nostimi* – sie sind köstlich«, bestätigten wir. Worauf er stolz meinte, für ein Kafenion seien die bestellten ja gut – aber diese seien doch wirklich besser!
Die Wirtin hatte dem Ganzen belustigt zugesehen. Wie anders wäre das in Deutschland abgelaufen, dachten wir.

Wir bestellten noch eine Runde Rakis, dankten dem Lehrer für seine Freundlichkeit und trugen ihm Grüße an seine Frau auf.
Dann bezahlten wir unsere Zeche und fuhren weiter unserem Heimatdorf entgegen.

Rakibrennen

Das Lebenselixier der kretischen Männer ist Raki, wobei die Betonung auf dem »i« liegt. Es ist eine Art Grappa, der aus angesetztem Traubentrester und übrigem Wein gebrannt wird. Die Brennanlage wird »*Kasani*« genannt, aber eigentlich ist dies die kupferne Brennblase, die auf dem Brennraum steht.

Die Maische wird in einen geschlossenen Betonbehälter eingefüllt, der an seiner Oberfläche eine runde Füllöffnung hat und unter dem der Feuerraum liegt. Das Feuer wird mit Olivenholzstücken und zum Teil auch mit Oliventrester beschickt. Es ist eine große Erfahrung notwendig, um das Feuer so zu führen, dass die darüberliegende Maische nicht zu heiß wird und anbrennt. Dann wäre der Raki nicht mehr genießbar. Oben auf die Füllöffnung wird zum Schluss der Kasani – die kupferne Brennblase – aufgesetzt.

Zur Abdichtung verwendet man Brotteig, der in dünnen Rollen eingedrückt wird, in der Hitze sofort aufgeht und so abdichtet. Von der Brennblase geht ein Rohr in einen großen zweiten Behälter, dem Kühlbecken. Dieses ist gefüllt mit kaltem Wasser. Dort kühlt das Destillat ab, es verflüssigt sich und wird über ein kleines Röhrchen an der Außenseite des Beckens in ein Fass geleitet.

Der »*protoraki*« – der erste Raki, der herausläuft – wird von den Kretern noch warm getrunken. Er ist gefährlich – einmal, weil er zwischen 70 % und 80 % Alkohol hat, und weiterhin, weil er noch mit hohen Anteilen Methylalkohol versetzt ist. Vorlauf, der bekanntermaßen gesundheitsschädlich ist, wird in Kreta nicht weggenommen. Als ich den Brenner auf diese Nachlässigkeit hinwies, meinte dieser nur: »Du bist verrückt – der erste Raki ist der beste!«

Meist ist das Rakibrennen mit einer *paräa* – einer zwanglosen Gesellschaft verbunden, zu der man Nachbarn und Freunde einlädt. Da läuft nebenher ein Grill mit Fleischstücken, da gibt es Leckereien aus Gemüse, Käsetaschen, Pittes, süße Nachtische und Obst. Im Verlauf des Brennens und dem häufigen Probierenmüssen des neuen Raki wird die Stimmung immer besser, und wenn dann der Ertrag in Fässern auf dem Pick-up verstaut ist, empfiehlt es sich, den Heimweg sehr vorsichtig anzutreten.

Namensgebungen

Wenn man Griechenland und insbesondere Kreta kennenlernen möchte, geht das nur in den Familien. Dort erfährt man etwas über die Lebensauffassung der Menschen, über ihre Sorgen und Probleme und bemerkt, dass diese von denen des restlichen Europa nicht weit entfernt sind.

In unserem Dorf waren Esel-Nikos und seine Frau Aphrodite mit die ältesten Bewohner. Unsere eigenwillige Namensgebung muss vielleicht erklärt werden. Es gibt überall auf Kreta Nikose, Jannise, Kostase, Jorgose in Mengen. Um sie unterscheiden zu können, versahen wir alle unsere Freunde mit Zunamen, die in irgendeiner Weise typisch für sie waren.

Esel-Nikos hatte einen Esel, den er als Reittier und als Lastträger z.B. für Holz- und Reisigtransporte und bei der Heuernte einsetzte. Nikos hatte kein Auto und so war er auf seinen Esel angewiesen.

Ebenso existierte der Kirchen-Jannis, der neben der Kirche wohnt, der »*Mafros-Jannis* – der schwarze Jannis«, der nur in schwarzer Kleidung ging, der Tavernen-Jorgos, der im Nachbarort eine Taverne bewirtschaftet und dann auch der Mauser-Kostas. Dessen Geschichte folgt noch.

Einladung bei Esel-Nikos

Eines Tages lud uns Esel-Nikos erstmals zum abendlichen Essen ein. Es war ein Erlebnis der besonderen Art. Heute kann ich darüber berichten, ohne die beiden zu verletzen, denn sie sind längst »gegangen«, wie die Kreter sagen, sie sind gestorben.

Während wir den obligatorischen Raki mit Oliven und Artischocken zu uns nahmen, erzählte Nikos aus seinem Leben.
Er war Waise, wurde in einem strengen Kloster erzogen und ging auch dort zur Schule. Gemessen an vielen seiner Generation war Nikos gebildet, konnte lesen und schreiben und bildhaft von früheren Zeiten erzählen.
Die Geschichten benötigten einige Rakis, bis Aphrodite, seine Frau, die eigentliche Hauptspeise auf den Tisch stellte. Ein beißender Käsegeruch erfüllte den Raum. Dem »*kali orexi* – guten Appetit« konnten wir nicht so recht folgen. Der erste Bissen schon offenbarte, dass uns der Geruch nicht getäuscht hatte. Das breiähnliche Essen waren Weizengraupen, die mit verflüssigtem Ziegenkäse und Kräutern gemischt waren. Es muss eine sehr alte

Ziege gewesen sein, deren Milch zu dem Käse verarbeitet wurde.

Nikos erwähnte mit strahlendem Blick, dass dies ein urkretisches Rezept sei, das niemand so gut wie seine Frau kochen könne. Um ihn und Aphrodite nicht zu verletzen, aß ich mit zugeklappten Nasenflügeln schnell meinen Teller leer. Schwitzend, aber froh meinte ich es geschafft zu haben. Aphrodite jedoch war der Meinung, dass es mir außerordentlich geschmeckt hätte. Und ehe ich mich versah, war mein Teller trotz meiner vehementen Gegenwehr erneut gefüllt. Diesmal aß ich nur noch ein paar Gabeln voll und gab dann vor, übersättigt zu sein.

Als wir tags darauf unsere Nachbarn Jannis und Vangelia fragten, wie man sich in einem solchen Fall am besten verhält, lachten sich beide erst einmal halb tot. »Ihr müsst nichts essen, das ihr nicht mögt! Dass wir Kreter dann beleidigt sind, ist ein Märchen!«

Die Erfahrungen aus diesem Erlebnis haben uns später manche schwierig scheinende Situation erheblich erleichtert.

Der Kühlschrank

Der bereits sattsam bekannte Esel-Nikos hatte nicht weit von unserem Haus entfernt ein Stück Land, auf dem er Oliven-, Zitronen- und Mispelbäume pflegte. Außerdem baute er dort Kartoffeln, Zwiebeln, Zuchini und Paprika an.
Auf dem Grundstück gab es einen Brunnen, der ganzjährig Wasser hatte. Dieses pumpte Nikos mittels einer uralten Motorpumpe hoch und bewässerte seine Pflanzen.

An warmen Tagen war dies morgens und abends notwendig, sodass Esel-Nikos auf dem Weg zu seinem Acker immer an unserem Haus vorbeikam.
Gerne setzte er sich dann kurz zu uns, um auszuruhen. Er war ja bereits um die achtzig Jahre alt.
Morgens pflegte er ein Glas Wasser zu trinken und gegen Abend machte er seine Rast auf einen oder auch mehrere Rakis. Meine Frau hatte zu diesem Anlass aus Deutschland Dosenwurst mitgebracht. Esel-Nikos hatte nur noch zwei Zähne und war dankbar für diese »*meze* – diesen Imbiss«, den er problemlos beißen konnte.

Immer, wenn unsere Abreise nahte, wurde Esel-Nikos melancholisch. »Vielleicht bin ich schon gegangen, wenn ihr wiederkommt«, pflegte er seinem Kummer Ausdruck zu verleihen.

Da hatte meine Frau wieder eine ihrer Ideen. In unserem Hof befindet sich eine Steinbank, die wir irgendwann einmal gebaut hatten. Unter der Sitzfläche hat sie offene Gefache.

»Nikos«, sagte meine Frau, »wenn wir gehen, dann schieben wir eine Flasche Raki unter diese Bank. Immer, wenn du vorbeikommst, kannst du dann einen Schluck auf deine und unsere Gesundheit trinken. Unter der Bank ist es kühl wie in einem Kühlschrank. Der Raki wird dir schmecken. Und wenn die Flasche leer ist, sind wir bald wieder da.« Das war ein Vorschlag nach kretischem Geschmack.

Über Esel-Nikos Gesicht ging ein Leuchten und er lachte so freudig, dass die beiden ihm verbliebenen Zähne endlich einmal Sonnenlicht sahen.

Was soll man sagen? Immer, wenn wir zurückkamen, war die Flasche leer und Esel-Nikos bestätigte uns, dass er allabendlich aus der Flasche im Kühlschrank auf unser aller Gesundheit einen Schluck genommen hatte.

Die Geschichte von Mauser-Kostas

Kostas – von uns »Mauser-Kostas« genannt – brauchte längere Zeit, um sich zu einem Kontakt mit uns durchzuringen.
Obwohl sein Taubenschlag in der Nähe unseres Hauses liegt und wir uns während unseres Urlaubs fast jeden Tag sahen, war er außer zu einem freundlichen Gruß zu nichts zu bewegen.
Bis er sich eines Tages einen Ruck gab und sagte: »Ich Oberndorf-Mauser.«
Was war denn das? Wir hakten nach.
Da erzählte er uns, wie er als junger Mann von zwanzig Jahren nach Deutschland ging, um Geld zu verdienen. Nach Oberndorf am Neckar – ausgerechnet! Ein Inselmensch mit der Gewohnheit von Weite und Raum – und der nach Oberndorf im Neckartal. Links und rechts Berge und mittendrin die Waffen- und Maschinenfabrik Mauser, in der er arbeiten sollte.
Nach einem guten Jahr war das Heimweh so groß, dass er krank wurde und zurück nach Kreta musste. Wer kann es ihm verdenken. Immerhin reichte das in der kurzen Zeit Ersparte zu Hause für einen Traktor.

Die Geschichte lag allerdings schon mehr als zwanzig Jahre zurück.

Zufällig war die Firma Mauser einer meiner Kunden, die ich während meiner aktiven Berufszeit in Fertigungsfragen beriet. Bei einem meiner Besuche erzählte ich dem Betriebsleiter von Kostas und bat ihn, mir ein paar Werbegeschenke mit dem Mauser-Logo mitzugeben. Keine Frage, dass er das gerne tat.
Später wieder nach Kreta gekommen, überbrachte ich Kostas die Geschenke mit freundlichen Grüßen der Firma Mauser.
Völlig überrascht und mit Tränen in den Augen sagte Kostas:»Dass die sich an mich noch erinnern …«
Da konnte ich ihm die Wahrheit nicht mehr sagen.

Alfreds Grab

Einige Jahre nach unserer »Einbürgerung« in Alithini kaufte ein weiteres deutsches Paar ein Haus im Dorf. Oben am Hang des Hausbergs gelegen mit einem großen Garten, in dem Olivenbäume, Apfelsinen- und Zitronenbäume wuchsen. Hannah und Alfred. Die beiden kamen schon seit zwanzig Jahren als Urlauber nach Kreta und hatten die Insel zu Fuß mehrmals durchwandert.
Nun wollten sie sesshaft werden und ihrer deutschen Heimat den Rücken kehren.
Alfred, ein gelernter Zimmermann, hatte, wie wir ja auch, eine Menge zu tun, bis das gekaufte Haus den Ansprüchen genügte.
In den ersten Jahren hatten wir deshalb wenig Kontakt miteinander. Außerdem wollten wir keinen »Deutschenklüngel« im Dorf installieren, was keiner verstanden hätte.
Die beiden sind jedoch zwei liebe Leute, sodaß aus der Gemeinschaft Freundschaft wurde.

Einige Zeit nach Alfreds 70. Geburtstag sagte dieser eines Abends: »Ich komme so langsam in die Jahre, deshalb habe ich mich entschlossen, hier auf dem Friedhof in Alithini ein Grab zu kaufen und es gleich fix und fertig machen zu lassen!«

Es ist ja so, dass auf den Dörfern nach Eintritt des Todes bis zur Beerdigung nicht mehr als 24 Stunden vergehen dürfen. Da bleibt keine Zeit mehr für große Vorbereitungen. Dieses Wissen lag Alfred auf der Seele. Er meinte: »Ich möchte schon geregelt haben, was mit mir nach meinem Tode passiert!«
Also ging er ins zuständige Amt nach Mires und erledigte alle Formalitäten. Danach durfte er sich auf unserem dorfeigenen Friedhof eine Grabstelle aussuchen.

Die orthodoxe Kirche ist zwischenzeitlich anderen christlichen Glaubensbrüdern und -schwestern gegenüber liberaler geworden und gestattet deren Bestattung auf orthodoxen Friedhöfen.

Alfred bestellte zügig den Marmor für den Grabaufbau und beauftragte einen Handwerker mit den notwendigen Arbeiten.

Als wir im nächsten Urlaub wiederkamen, führte uns Alfred auf den Friedhof zu »seinem Grab«, zog eine Flasche Raki aus der Tasche und wir tranken ernst, aber gelassen auf ein langes Leben.
Viele Kreter haben in ähnlicher Weise für ihre Bestattung gesorgt, wenn kein Familiengrab vorhanden ist. So sind auf allen Friedhöfen einige der Gräber nicht belegt.

In unserem Dorf ist es Sitte, in diese noch leeren Gräber einen Baumstamm zu legen. Damit soll »*o sanatos* – der Tod« getäuscht werden in dem Glauben, das Grab sei schon belegt. Durch diese List hoffen die Eigentümer dieser Grabstätten noch ein paar Jährchen über ihre Zeit hinaus am Hades, dem Totenreich, vorbeizukommen.

Wenn's hilft!

Tierschicksale

Man sagt immer, dass die Art und Weise, wie die Menschen mit ihren Tieren umgehen, ein Spiegelbild ihrer Kultur ist. Auf Kreta ist das Elend der Tiere unsäglich und hat mir und meiner Frau schlaflose Nächte bereitet.
Es ist sicher so, dass wir Nordeuropäer in der Regel eher ein überzogenes Verhältnis zu unseren Tieren haben und deshalb die Tierhaltung auf Kreta für uns so erschreckend erscheint.
Wer jedoch einmal in die verzweifelten Augen eines Hundes gesehen hat, der sein ganzes Leben an einem ein Meter langen Strick oder einer Kette verbringen muss, der den letzten Abfall zu fressen bekommt, der dazu geschlagen und gequält wird, der verliert seine Unbefangenheit den Kretern gegenüber.
Wie kann es sein, dass diese freundlichen und offenen Menschen ohne das leiseste schlechte Gewissen ihren Tieren diese Leiden zumuten. Es sind nicht nur die Hunde. Nein. Die Katzen leben aus den Mülltonnen, Kaninchen werden zusammengepfercht gehalten, haben blutige Pfoten und Ohren. Ein Bewohner unseres Dorfes

hatte einen Esel, dem er fünf heiße Tage lang vergaß, etwas zu trinken zu geben. Das Tier lag verendet und immer noch angebunden an einem Baum. Dasselbe hörten wir von einem uns gut bekannten Bauern aus dem Nachbarort, dessen Hund, an einem Baum direkt vor seiner Hofeinfahrt angebunden, verdurstete.
Tiere, die man nicht essen kann, sind in der griechischen Vorstellung wertlos.
Tipota – nichts!

Sehr deutlich zeigt sich diese Einstellung auf den griechischen Strassen. Tiere, die sich nicht in Sicherheit bringen können, werden gnadenlos überfahren. Egal, ob Hunde, Katzen, Marder, Eidechsen, Schlangen oder Igel. Nirgends haben wir so viele überfahrene Tiere gesehen wie auf Kreta. Es ist eine armselige Form von Gleichgültigkeit und Machtausübung.
Natürlich gibt es eine grosse Anzahl streunender Hunde und Katzen, die sich aus Mülltonnen oder wilden Deponien ernähren müssen. Niemand fühlt sich verantwortlich. Die Situation wird eher als lästig empfunden.
Dabei wäre die einfachste Möglichkeit, diesem Elend zu begegnen, eine zwangsweise Kastration aller Hunde und Katzen anzuordnen. Ausländische Tierschutzorganisationen haben in Zusammenarbeit mit griechschen Tierärzten zwischenzeitlich damit begonnen. In privater Initiative.
Um aber wirklichen Erfolg zu haben, müssten diese Aktionen natürlich gebietsüberdeckend und mehrmals stattfinden, was aus Kostengründen leider nicht geschieht.

Weiterhin müsste ein Verbot aller privaten Zuchteinrichtungen erfolgen. Nur staatlich geprüfte Züchter dürfen eine Lizenz haben und müssen den Verbleib der Tiere nachweisen.

Und da die Menschen, wie überall auf der Welt, nur dann einsichtig werden, wenn etwas Geld kostet, muss unbedingt eine Hundesteuer eingeführt werden, mit der bei Verstoß hohe Geldstrafen verbunden sind.

Der von der Europäischen Union schon seit längerer Zeit gesetzlich geregelte Tierschutz ist auch für Griechenland verbindlich. Ein Gesetz jedoch, dessen Umsetzung nicht überwacht wird, ist wertlos. So wird das Tierelend auf Kreta und auch im gesamten Griechenland wohl noch lange ein Schandfleck bleiben.

Bouboulina

Wie üblich saßen wir nach dem Frühstück noch ein wenig auf unserer Dachterrasse und genossen die morgendliche Kühle und die klare Sicht hinüber zum Bergmassiv des Ida mit dem Psiloritis.
Vom Nachbarort Pombia kam langsam eine »*kluva* – ein Auto mit Kastenaufbau« die Straße heruntergefahren. Das Fahrzeug bremste kurz auf der Höhe unseres Hauses, um dann mit aufheulendem Motor und hoher Beschleunigung davonzubrausen. Verwundert schüttelten wir den Kopf, bis wir den Grund für dieses eigentümliche Fahrverhalten bemerkten.
Im Straßengraben lag wimmernd eine verletzte Hündin. Die Insassen des Autos hatten sie einfach aus dem Laderaum in den Graben geworfen.
Natürlich kümmerten wir uns sofort um das Tier. In Wuchs und Farbe ähnelte es den in Deutschland häufigen Golden-Retrivier-Rassehunden. Sein Fell war ohne Glanz und struppig, außerdem war das Tier sehr abgemagert.

Unsere Nachbarin Vangelia war gerade dabei, ihren Hof zu kehren, und hatte den Vorgang beobachtet. »Ihr müsst den Hund wegjagen«, rief sie uns zu, »sonst bleibt er hier. Wegjagen! Wegjagen!« Mit ihrem Besen wollte sie das Tier verscheuchen. Wir stellten uns dazwischen. »Siehst du nicht, dass er verletzt ist?« – »Egal«, schimpfte sie zurück, »er muss weg. Wir wollen keine fremden Hunde!« Wir wussten natürlich, dass Vangelia eine fleißige Kirchgängerin war, und versuchten, sie über den Glauben umzustimmen. »Es ist ein Geschöpf Gottes wie wir Menschen auch. Es ist eine Sünde, ihm nicht zu helfen!« Sie sah uns völlig irritiert an. »Es ist nur ein Tier und hat keine Seele. Es hat hier nichts verloren, es muss weg!« So kamen wir also nicht weiter.

Wir entschieden deshalb: »Der Hund bleibt hier! Wir werden für ihn sorgen.« Da hatten wir uns auf etwas eingelassen! Als Erstes versorgten wir die Verletzung an der Hinterhand. Die Hündin ließ alles ruhig geschehen und schaute uns nur mit ihren klugen Augen aufmerksam an. Dann wuschen wir ihr Fell und bürsteten es kräftig aus. Anschließend bekam sie zu fressen, was wir eben so an hundegeeignetem Menschenfutter hatten. Heißhungrig verschlang die Hündin alles, was wir ihr geben konnten. Auf einem ausgebreiteten Teppich bereiteten wir ihr ein Lager, das sie sofort annahm. Offensichtlich hatte sie Vertrauen zu uns und fühlte sich sicher.

Meine Frau meinte plötzlich: »Sie braucht einen Namen. Wir nennen sie Bouboulina.«
Wir hatten gerade den »Alexis Sorbas« gelesen, in dem eine Frau dieses Namens eine Rolle spielt – von der Gesellschaft verstoßen und ihrem Schicksal überlassen. Der Name passte.
Am nächsten Morgen kauften wir sofort Hundefutter. Auch einen Termin bei einer Tierärztin in Mires hatten wir bereits vereinbart. Die Ärztin, die ihren Beruf offensichtlich aus echter Tierliebe ausführt, untersuchte Bouboulina gründlich und konnte uns hinsichtlich der Verletzung beruhigen. Sie impfte die Hündin und bat uns, nach einer Woche zur Kontrolle wiederzukommen.

Dieser Stein also war uns von der Seele gefallen, aber ein viel größerer lastete noch auf uns. In zehn Tagen würde unser Flug zurück nach Deutschland gehen. Was würde dann mit Bouboulina geschehen?

Die Tierärztin hatte uns die Adresse einer Österreicherin in Chania gegeben, die ausgesetzte Tiere aufnahm und sie nach Österreich und Deutschland weitervermittelte. Auf unseren Anruf hin bekamen wir jedoch die abschlägige Auskunft, sie könne wegen Überfüllung ihrer Station keine Hunde mehr aufnehmen. In unserer Not riefen wir das Tierheim in unserer Heimatstadt Tübingen an. Dieses nannte uns eine Frau, die bereit war, den Hund aufzunehmen und weiterzuvermitteln. Allerdings müssten wir Bouboulina selbst nach Tübingen bringen.

Immer, wenn eine Sorge sich aufgelöst hatte, kam ein neues Problem. Die Fluglinie, mit der wir fliegen wollten, weigerte sich auf unsere Nachfrage hin, einen so großen Hund zu befördern. Unserer Sachbearbeiterin war nicht umzustimmen.

Also gingen wir nochmals zur Tierärztin. Diese eröffnete uns zwei Möglichkeiten: Entweder das Tier irgendwo weit entfernt wieder auszusetzen – was sie wie wir auch eigentlich gleich ausschloss – oder im äußersten Notfall den Hund kurz vor unserer Abreise einzuschläfern. Im Hinblick auf die erste Möglichkeit wäre die zweite die weitaus gnädigere gewesen.

Deprimiert saßen wir wieder auf unserer Terrasse, als plötzlich ein VW-Bus mit deutschem Kennzeichen die Straße auf uns zufuhr. Welche Freude!

Es waren gute Freunde aus der Nähe von Tübingen, die mit ihrem kleinen Wohnmobil auf Kreta Urlaub machten und uns besuchten. Meine Frau rannte auf die Straße, und bevor wir uns alle begrüßt hatten, rief sie:»Uli, Margret, ihr müsst einen Hund nach Tübingen mitnehmen!«
Unser Freund lachte und sagte:»Langsam! Gib uns erst mal was zu trinken – und dann erzähl.«
Kurz gesagt – unsere Freunde kamen vor ihrer Rückreise wieder bei uns vorbei, nahmen Bouboulina mit auf die Fähre und dann nach Tübingen.

Das Wiedersehen nach unserer eigenen Rückkehr war stürmisch. Bouboulina wusste nicht, wie sie ihrer Freude Ausdruck geben sollte.

Da wir in unserem Haus sehr selbstbewusste Katzen hatten, konnten wir Bouboulina nicht behalten und gaben sie – schweren Herzens, aber wie ja vereinbart – zur Vermittlung frei.

Heute lebt sie in der Nähe unserer Stadt in einer Familie mit zwei damals kleinen Jungen und ist ein glücklicher und im ganzen Dorf geliebter Hund geworden.

Der Unfall

Ich kann mich noch genau an jenen Abend erinnern, an dem der Sohn unserer Nachbarn, Jorgos, mit einem Freund aus dem Dorf sowie einem Jungen und einem Mädchen aus Peri, dem Nachbarort, »auf Tour« gingen. Es war ein anstrengender Tag auf den Feldern gewesen und die Jungen wollten noch ein bisschen Spaß haben. Ihr Fahrzeug war ein alter Ford – aber was solls! Die Unbekümmertheit der Jugend hat damit keine Probleme. Vangelia, die Mutter des Jorgos, bekreuzigte sich bei der Abfahrt der vier und rief dem Auto hinterher: »*Sto kalo, sto kalo na pate* – alles Gute, guten Weg.« Dann wandte sie sich zum Haus und murmelte noch: »*Panagia mu* – Muttergottes!«

Es gibt aber Nächte, in denen auch die guten Götter schlafen. Kurz nach Mitternacht war im Dorf plötzlich die Totenglocke zu hören, die mit ihren gedehnten, unheilverkündenden Schlägen jeden auch aus dem tiefsten Schlaf reißt. Die Dorfstraße war voller Menschen, und wir mussten uns anstrengen, den in urkretischem Dialekt geführten

Gesprächen folgen zu können. Als wir begriffen hatten, waren wir wie erstarrt.

Die vier Jugendlichen, die am Abend so fröhlich abgefahren waren, hatten einen schweren Unfall gehabt. Wahrscheinlich, hieß es, waren drei davon tot und einer hatte schwer verletzt überlebt. Um welchen der vier es sich dabei handelte, war zur Stunde noch unklar.
Unsere Nachbarn Jannis und Vangelia, die Eltern des Jorgos, waren dem Zusammenbruch nahe. Auch die Eltern des zweiten Jungen aus dem Dorf saßen in stoischer Verzweiflung da und hofften auf ein Wunder.
Dann kam die schreckliche Gewissheit.
Als Einziger hatte Jorgos überlebt, die weiteren zwei Jungen und das Mädchen waren ums Leben gekommen. Die Toten sollten am Morgen des nächsten Tages in ihre Heimatdörfer zur Bestattung überführt werden. An Schlaf war in dieser Nacht nicht mehr zu denken.

Am Morgen des nächsten Tages brachte man die Toten von Heraklion her gegen zehn Uhr ins Dorf. Es war, als hätte die Sonne ihren Glanz verloren. Von Pombia waren bereits die Glocken zu hören und kurz darauf bogen die drei Leichenwagen um die Kurve und fuhren im Schritttempo auf unser Dorf zu. Hilflos wie alle anderen standen wir mit unseren Mützen in der Hand da. Dann hielt der eine Wagen vor dem elterlichen Haus des Toten unseres Dorfes, während die beiden anderen nach Peri weiterfuhren.

Laut schreiend hatte sich die Mutter auf den Sarg geworfen, der in das Haus getragen wurde. Alle Dorfmitglieder waren versammelt und in der Verzweiflung vereint. Es ist übliche Sitte, die Toten im offenen Sarg aufzubahren, damit alle Abschied nehmen können. Der Vater stand wie versteinert neben seinem toten Sohn.

Wegen des besonders schweren Unglücks trafen nach kurzer Zeit hohe Würdenträger der Kirche ein, um die Bestattungszeremonie durchzuführen, die auf Kreta innerhalb von 24 Stunden nach dem Tod erfolgen muss. Der offene Sarg mit dem Toten wurde aus dem Haus getragen, gefolgt von dem Metropoliten, den *papades* – den Priestern, der Familie und dann von all den vielen Menschen, die seinen Weg zum Friedhof säumten.
Die Mutter rief immer wieder: »Warum, mein lieber Sohn, warst du ein so gutes Kind? Warum hast du mich nie geschlagen? Es wäre jetzt leichter für mich!« In Situationen wie dieser versinkt die kretische Seele in namenloser Trauer und tiefer Verzweiflung und gibt dieser hemmungslos Ausdruck.
Als dann der Sarg hinabgesenkt wurde, wollte sich die Mutter hinterherstürzen, und sie musste von zwei Männern gehalten und gestützt werden.

In unserem Dorf wurde ein Jahr lang kein Namenstag, keine Verlobung oder Hochzeit und keine Taufe mehr gefeiert.
Dann, langsam, gewann das Leben wieder die Oberhand und das Lachen kam vorsichtig zurück.

Der Kater Papa Vangelis

Von der großen Zahl der kretischen Katzen, die uns – und vor allem unserem Futter – zugetan waren, ist eine in besonderer Weise im Gedächtnis geblieben. Natürlich – das wissen alle Katzenfreunde – hat jedes der Tiere eine ganz eigene, unverwechselbare Persönlichkeit. In der Art der Kontaktaufnahme, der vorsichtigen Annäherung, ihrer »Sprache«, bis zu den gnädig zugelassenen Streicheleinheiten.
Ein Kater jedoch übertraf alle bisherigen Besucher. Er befand sich bestimmt schon in der siebten Katzeninkarnation. Eine geballte Ladung an Erfahrung und Selbstbewusstsein. Dazu offensichtlich auch ausgerüstet mit geradezu überkätzischen Sinnen, die im Überlebenskampf kretischen Katzendaseins unverzichtbar sind.

Vor Jahren eines Morgens saß der Kater Vangelis – wie wir ihn bald nannten – im Eingangsbereich unseres Hofes aufrecht, ohne einen Ton zu sagen. Er betrachtete uns bei unserem Frühstückszubereiten und verfolgte das Beladen unseres Tabletts eben mit allem, was ein Frühstück ausmacht.

Nachdem wir ihn in der internationalen Katzensprache mit »ps-ps-ps« zu locken versuchten, warf er einen ob unserer Einfalt flehenden Blick zum Himmel. Er war äußerlich ein ziemlich schmutziges, verwahrlostes Tier, weiß-schwarz gefleckt. Eines seiner Augen hatte nach einer Verletzung eine Infektion bekommen, war blutunterlaufen, vereitert und wohl auch erblindet. Dennoch hatte Papa Vangelis die Würde eines Weisen. Mir fielen Rilkes Verse vom aussätzigen König ein.

So stellten wir dem Kater ein Tellerchen mit Fleischresten vor, einen zweiten Teller mit Wasser.
Er beschnüffelte beides, um sich dann niederzulassen und zu fressen.
Gleich am Abend fuhren wir ins nächste Geschäft und kauften Katzenfutter. Und jeden Morgen um die gleiche Zeit fand sich seitdem Papa Vangelis ein, um seine Portion abzuholen.
Niemals mauzte oder miaute er. Er kam und wartete wortlos, bis wir ihm sein Futter vorsetzten. Dann fraß er, ging anschließend seines Wegs und war in kürzester Zeit verschwunden.

Unsere Nachbarn betrachteten die Vorgänge wie üblich mit gemischten Gefühlen und erzählten uns, dass Papa Vangelis jedes Mal nach unserer Abreise verschwunden blieb. Kamen wir aber im Frühjahr oder Herbst in unser Dorf zurück, saß auch der Kater immer wieder am nächsten Morgen erwartungsvoll in unserem Hof. Wir hatten uns angefreundet und er zeigte uns sein Vertrauen.

Eines Morgens, als wir wie üblich sein Fressen hinausstellten, kam er mit drei kleinen Kätzchen im Schlepptau – wohl seinen Jungen. Er führte sie an den Teller, forderte sie zum Fressen auf und beaufsichtigte dies. Erst als die Kleinen gesättigt waren, ließ er sich nieder und stillte selbst seinen Hunger. Auch bei Katzen gibt es liebevoll alleinerziehende Väter.

Im Dorf erfuhren wir nach und nach, dass Papa Vangelis noch zwei weitere Futterstellen hatte, die er im Laufe des Tages abzuklappern pflegte. Dies war der Anlass unserer Namensgebung für ihn. Denn wir kannten in einem Dorf der Umgebung einen schlitzohrigen Pappas namens Vangelis. Dieser war ein sehr begüterter Mann. Trotzdem zog er zweimal im Jahr seine schäbigste Kutte an – er sagte uns: »Die mit den großen Taschen«, setzte sich auf seinen Esel und ritt im Dorf umher. Er erzählte den Leuten dort von seinem »Elend« und sammelte Spenden, die er aus Mitleid erhielt.

Diese Geschichte und das Wissen um des Katers verschiedene Futterstellen brachte uns auf die Namensverbindung.

Allerdings – zur Ehrenrettung unseres Katers Papa Vangelis – hatte dieser die Futterspenden ungleich nötiger als der reiche Pappas der Menschen.

Magiritsa – die Osternachtssuppe

Ostern nahte. Das höchste kirchliche Fest der Orthodoxie. Sechs Wochen Fasten gingen ihrem Ende entgegen. In der letzten Woche gibt es in den strenggläubigen Familien nicht nur weder Fleisch noch Fisch, sondern auch auf Käse, Eier, Öl und – man höre und staune – auch auf das Fernsehen musste verzichtet werden.

Bei Michail, unserem Freund, stand am Karsamstag das Schlachten einer Ziege auf dem Programm. Einmal lechzten alle durch die lange Fastenzeit nach gebratenem Fleisch, zum anderen nach der Osternachtssuppe, der Magiritsa. Diese Suppe enthält Reis, viel Zitronensaft und eine Menge Kräuter sowie die Innereien des Tieres, das geschlachtet worden war.

Am Morgen des Samstags war ich einbestellt, um an der Schlachtung, die ja eigentlich eine Schächtung ist, teilzunehmen. Nur die Männer erledigen diese Handlung. Die Ziege wurde an den Beinen gefesselt und der Kopf zurückgebogen. Dann wurde mit einem schnellen Schnitt die Halsschlagader des Tieres durchtrennt. Das Blut spritzte pulsierend aus der Arterie und innerhalb ein paar Sekunden war das Tier bewusstlos und blutete vollends aus.

Dann wurde in die Hinterbeine je ein kleiner Hautschnitt eingebracht, in den ein Stück des kretischen Bambusses, das Kalami, eingeschoben wurde. Durch dieses Rohr wurde kräftig Luft unter die Haut eingeblasen. Dieses Verfahren erleichtert das spätere Abziehen des Felles, wurde mir auf meine Frage hin erklärt. Nun hängte man die Ziege an den Hinterbeinen auf und zog das Fell von diesen her über den Leib herunter.

Der Körper wurde aufgebrochen und alle verwendbaren Innereien entnommen. Diese übernahm dann Elektra zur Verarbeitung für die Suppe.

So ungewohnt und schwierig durchzustehen für mich der ganze Vorgang war – mit etwas schlechtem Gewissen muss ich zugeben, dass die Magiritsa in der Osternacht trotzdem einfach köstlich schmeckte.

Ostern

Die orthodoxe Osternachtmesse erlebe ich stets als eine Mischung aus eindrucksvollen Riten und oft ungezügelten Gefühlsausbrüchen.
Die Messe beginnt, wenn das »heilige Licht«, das sich dem Glauben nach alljährlich in der Grabeskirche in Jerusalem selbst entzündet und in die ganze orthodoxe Welt verteilt wird, in der dorfeigenen Kirche eingetroffen ist.

Wenn die Passionsgeschichte dann zu Ende erzählt wurde – altgriechisch – (Christus war ja am Karfreitag symbolisch gestorben), erlischt alles Licht in der Kirche. Ungeduldig und mit leuchtenden Augen warten die Gläubigen.
Nach geraumer Zeit tritt der Pappas dann aus dem Allerheiligsten mit einer brennenden Kerze in der Hand hervor und verkündet: »*Christos anesti* – Christus ist auferstanden!«
Alle drängen nun nach vorn, um das heilige Licht zu empfangen und es gleich an andere weiterzugeben. Dieses »Licht weitergeben« ist ein beeindruckend schöner Brauch.
Man wünscht sich »*chronia polla* – viele (Lebens-) Jahre«

und versichert sich gegenseitig, dass Christus »*alisos anesti* – tatsächlich auferstanden« ist.

Das Weitergeben des Lichtes und die Annahme desselben unter Zerstrittenen bedeutet gleichzeitig die Beendigung des Streits. (Was allerdings nicht heißt, dass am nächsten Tag nicht ein neuer angezettelt werden könnte …)

Nach der Verkündigung der Auferstehung beginnt vor der Kirche eine wilde Knallerei. Jugendliche, aber auch »ältere Semester« zünden Kanonenschläge unterschiedlicher Stärke, sodass die Ohren schmerzen.
Wir haben es noch erlebt, dass die Männer in die Häuser liefen, ihre alten Karabiner und Schnellfeuergewehre holten und in den Himmel schossen.
Der aus der Widerstandszeit stammende Brauch, in dem Freude und Hoffnung zum Ausdruck kommen (mit dem aber auch ein Racheschwur bekräftigt werden konnte), war durch Überzeugung schwer zu bekämpfen. Jedes Jahr gab es etliche Schwer- und Leichtverletzte. Langsam siegt nun die Vernunft, aber das Knallen mit Feuerwerkskörpern ist nach wie vor unverzichtbarer Osterbrauch.

Nachdem alle ihr Pulver verschossen haben, machen sich die Menschen auf den Weg nach Hause, wobei sie die brennende Kerze, mit der Hand gegen den Wind schützend, mit sich tragen.
Zu Hause wird damit eine Öllampe entzündet, die das Jahr über bis zum nächsten Osterfest brennt.
Diesem Licht werden schützende Kräfte zugesprochen.

Erlischt es ungewollt, ist dies ein schlechtes Omen. Auch in diesem Brauch stehen Glaube und Aberglaube eng nebeneinander.

Der Schäfer von Krotos

Wir waren auf dem Weg nach Lendas. Dieses Dorf liegt an der südlichen Küste am Lybischen Golf. Der dort ins Meer hinausragende gewaltige Fels trägt den Namen »Löwe von Lendas« und ist mit einiger Phantasie auch als ein solcher erkennbar.

Oberhalb des heutigen Dorfes, das mehrheitlich aus Pensionen und Tavernen besteht, findet man den berühmten Asklepios-Tempel. In der Ausgrabung befindet sich die antike Schatzkammer, in deren Bodenmosaik Anthemien und Seepferdchen dargestellt sind.

Die Straße nach Lendas führt über Plora an der Westflanke des Asterussia-Gebirges hinauf nach Miamou und Krotos. Wir waren mit unseren Motorrädern gerade über den Bergsattel gefahren und sahen Krotos schon vor uns links am Hang liegen, als ein Schäfer mitten auf der Straße stand und uns zum Anhalten aufforderte.

Er begrüßte uns wie alte Freunde, fragte nach unserer Nationalität und unserem Fahrziel. Als seine Neugier zufriedenstellend gestillt war, teilte er uns sein eigentliches Anliegen mit. Er müsse dringend weit den Berg hoch, denn dort seien seine Schafe, die er zum Dorf bringen müsse. Seine Frau sei krank und er müsse mit seinen Schafen schnellstens zu ihr. Ob – er sah mich an – ich ihn nicht den Berg hochfahren könne? Das war für mich selbstverständlich. Wir vereinbarten, dass meine Frau auf mich warten solle, bis ich wieder zurückkäme.

Der Schäfer setzte sich auf den Soziussitz meiner Enduro und ab gings. Ich fuhr langsam, da ich nicht wusste, wie sicher sich mein Fahrgast fühlte. Dieser forderte mich jedoch auf: »*Pio grigora* – schneller«, worauf ich auch mehr Gas gab. Am höchsten Punkt der Straße angekommen, wollte ich wissen, wohin die Fahrt gehen sollte. Der Schäfer rief mir nur »weiter, weiter« ins Ohr.

Nach einer erheblichen Strecke hörte ich dann seine nächste Anweisung: »*pali piso* – wieder zurück.« Also wendete ich etwas irritiert und brauste die Straße wieder hinunter, bis ich neben meiner auf uns wartenden Frau abbremste.

Der Schäfer stieg mit einem glücklichen Lachen ab und danke mir mit den Worten: »Ich wollte nur einmal mit einem Motorrad fahren. Das war heute das erste Mal in meinem Leben. Vielen Dank. Kommt in mein Haus, dass ich euch bewirten kann.«

Verstimmt über diese eigenwillige Art von Bauernschläue sagten wir jedoch nur: »*Alli fora* – ein anderes Mal«, und fuhren weiter unserem eigentlichen Ziel, Lendas, entgegen.

Müllstrategie

Viele Gäste, die zum ersten Mal nach Kreta kamen, waren erst einmal entsetzt. Überall Müll.
Müll wegzuwerfen ist für die kretische Bevölkerung ein geradezu mechanischer Vorgang wie das Atmen oder Essen. Man muss allerdings wissen, dass es in den Dörfern eine Müllabfuhr erst seit einigen Jahren gibt und sich die heutige Situation gegenüber früheren Zeiten natürlich verbessert hat. Alte Gewohnheiten sind jedoch schwer auszurotten, denn vordem sahen die Menschen keine andere Möglichkeit zur Entsorgung ihrer Abfälle, als diese irgendwo in der Umgebung in Schluchten, zwischen Felsen oder in Straßengräben zu werfen. Die Natur würde sich schon darum kümmern.
Leider ist das Umweltbewusstsein die am wenigsten ausgebildete kretische Eigenschaft. Aber auch hier findet ein Umdenken statt.
Wir haben von den Touristen oft gehört: »Es wäre so schön hier, wenn nur der Müll nicht wäre! Die schönsten Landschaften sind durch den Anblick wilder Müllkippen entstellt.« Und sie haben natürlich recht.
Kreter können neben einem Mülleimer stehen – die es

auch gibt – und ihren leer getrunkenen Kaffeebecher trotzdem einfach auf den Boden fallen lassen. Spricht man sie darauf an, schütteln sie völlig verständnislos den Kopf und gehen weiter.

In unserem Dorf gibt es einen Verein, in dem wir Deutsche Mitglieder sind. Dieser Verein hat sich der Pflege der Kultur und der Verschönerung des Dorfes verpflichtet.

Der zweite Punkt gab uns den Anlass zu dem Vorschlag, dass jede Woche eine andere Familie zuständig ist für die Beseitigung des Unrats entlang der Durchgangsstraße unseres Dorfes.

Im Hinterkopf hatten wir natürlich nicht nur »Optik und Umwelt«, sondern auch den »Erziehungseffekt«, nämlich den, dass der, der Müll einsammelt, hinterher auch keinen mehr wegwirft. Es war eine idealisierte Vorstellung von uns.

Unser Antrag wurde zwar angenommen und die Müllsammelaktionen im Dorf funktionieren auch leidlich gut. Aber es bleibt viel zu tun im Sektor »Überzeugung«.

Tsoutsouros im Wandel der Zeit

Auch einige Jahre nach unserer Verwurzelung auf Kreta gab es an der Südküste eine Reihe alter Dörfer, in denen die Neuzeit noch nicht Einzug gehalten hatte. Meist waren es Fischerdörfer, die bedingt durch die gebirgigen Steilhänge schwer zu erreichen waren.

Eines dieser Dörfer ist Tsoutsouros. Unser Freund Michail hatte uns erzählt, dass die Fahrt dorthin zwar schwierig sei, die Landschaft aber umso beeindruckender.

Also nichts wie los. Die erste Reise dorthin unternahmen wir noch mit unseren Mopeds. Zu dieser Zeit gab es nur Schotterstraßen über die Pässe des Asterussia Gebirges, das wir von der Messara her überqueren mussten. Eigentlich war es gar keine Straße, sondern ein schmaler Weg, der in die Felsen gesprengt worden war. Der Untergrund war loser Schotter, der, weil von großen Steinplatten durchsetzt, schwierig zu befahren war. Tatsächlich boten sich während der Fahrt atemberaubende Ausblicke auf die Küstenlinie, zu der sich der Weg in engen Serpentinen hinunterschwang. Tsoutsouros selbst war ein abweisendes Dorf. Bei unserer Ankunft war niemand zu sehen, aber hinter den Fenstern der aufs Meer starrenden Häuser erkannten wir Gesichter, die unser Tun verfolgten. Das Dorf bestand aus einigen der kretischen Hauskuben. Überall Unrat und Müll und der eigentlich schöne Strand war dadurch wenig einladend. Trotzdem nahmen wir ein ausgiebiges Bad in dem glasklaren Wasser. Auf dem Grund konnten wir jeden Stein erkennen.

Jahre später – genau um die Weihnachtszeit vor der Jahrtausendwende – besuchten wir Tsoutsouros ein zweites Mal.
Es war nicht wiederzuerkennen. Geteerte Straßen, moderne Häuser und eine aufwändige Strandpromenade prägten nun das Bild. Tavernen, Läden und Cafés zeigten uns, dass der Tourismus nun auch hier seinen Einzug gehalten hatte. Die Menschen waren freundlich und offen. Unseren früheren Eindruck konnten wir schnell revidieren.

Es war ein stürmischer Tag gewesen. Von den Bergen stürzten immer wieder heftige Böen herab und jagten ablandig über das Wasser ins Meer hinaus. Etwa hundert Meter vom Strand entfernt begannen sich die Winde zu drehen. Wasser wurde hochgesaugt und plötzlich tanzten um die zwanzig Wasserhosen über das Meer hinaus, wo sie nach einiger Zeit in sich zusammenfielen.
Aber da waren schon die nächsten am Strand entstanden und auch sie wankten und tanzten wie nasse Gespenster aufs Meer hinaus.
Direkt am Strand saßen wir vor einem kleinen Kafenion

bei einem Kaffee. Völlig fasziniert betrachteten wir das Schauspiel, so lange die Wetter- und Windverhältnisse dieses Phänomen zuließen.

So bleibt Tsoutsouros trotz der anfänglichen Ablehnung mit unvergesslichen Bildern in unserem Gedächtnis.

Der Diebstahl

An diesem Morgen erwachten wir an einem lauten Palaver direkt vor unserem Haus. Jannis und Vangelia mit Jorgos und Nontas, ihren Kindern, schrien laut durcheinander.
Das war ungewöhnlich. Wir sprangen aus den Betten, öffneten unsere Türläden und liefen auf die Straße. Dort stand Jannis mit einem deutschen Nummernschild in der Hand. »*To frika edo* – ich habe es hier gefunden«, rief er uns erregt entgegen. »*Klepsane tin michani sou* – sie haben dein Motorrad geklaut, Barbara.«
Wir erstarrten einen Moment vor Schreck und drehten uns zu dem Platz vor unserem Haus um, auf dem wir unsere Maschinen am Abend vorher noch geparkt und abgeschlossen hatten. Tatsächlich stand nur noch ein Motorrad – meines – da.

Allabendlich haben wir unsere Motorräder mit Bremsscheibenschlössern und zusätzlichen Ketten gesichert und waren so der Meinung, alles Notwendige getan zu haben.

Wie in jeder Nacht hatten wir unsere Fenster geöffnet gehabt und trotzdem nichts gehört. Wie die Fahrzeuge geparkt waren, mussten die gemeinen Diebe das gestohlene Motorrad über meines hinweggehoben haben. Als hämische Geste hatten sie dann das Nummernschild abgerissen und auf die Straße geworfen.

Natürlich waren wir entsetzt. Besonders meine Frau konnte den »Diebstahl ihrer Freiheit« überhaupt nicht verstehen. Unsere Nachbarn versuchten uns zu trösten und versicherten, dass es ganz bestimmt niemand aus dem Dorf war.

Erst einige Tage später fielen uns die Zusammenhänge zwischen dem kürzlichen Diebstahl und den etwas zurückliegenden zweimaligen Versuchen hierzu auf. Einmal war während einer Hochzeit, zu der wir eingeladen waren, der Vergaser herausgerissen worden. Offensichtlich waren die Täter gestört worden, denn der Vergaser hing noch an seinen Baudenzügen. Beim zweiten Mal am Strand von Kommos war der Vergaser tatsächlich gestohlen worden. Immer handelte es sich um das Motorrad meiner Frau.

Unsere Nachbarn sagten uns Hilfe bei der Suche zu. Vorab aber empfahlen sie uns, Anzeige in der nächstgelegenen Stadt zu erstatten. Also gingen wir dahin, vor allem, weil wir einen Hinweis aus unserem Freundeskreis auf eine mehrfach vorbestrafte Person erhalten hatten, zu der das Vorgehen passen würde.

Als wir unsere Anzeige erstattet hatten, sagten die aufnehmenden Polizisten: »Den von Ihnen genannten Verdächtigen kennen wir nicht!« Obwohl er, wie wir erfahren hatten – der Sohn des dortigen Polizeichefs war. Logischerweise war unter diesen Umständen mit einer Strafverfolgung nicht zu rechnen.
Aber ich wollte nicht aufgeben, rief die Touristenpolizei in Athen an und schilderte die Ereignisse. Die Beamten dort machten mir wenig Hoffnung, das Motorrad wiederzubekommen. Dennoch sagten sie mir zu, sich intensiv um die Sache kümmern zu wollen.

Eine ganze Zeit nach unserer Rückkehr nach Deutschland riefen unsere griechischen Freunde an und berichteten, dass der Polizeichef überraschend abberufen worden sei. Immerhin!

Als wir das nächste Mal in unser Dorf zurückkehrten, war das Thema noch aktuell. Erst bei dieser Aufarbeitung der Vorkommnisse hörten wir von ganz neuen Beweggründen, die wohl verschiedene Nachfragen ergeben hatten. Es hatte außerhalb unseres Dorfes schon einige Zeit gehässige Bemerkungen gegeben, dass eine »ältere Deutsche« ein Motorrad fährt.
Natürlich war das damals noch ungewöhnlich und erregte insbesondere bei den motorradlosen Halbwüchsigen Neid und Missgunst. Leider sind diese menschlichen Eigenschaften auch auf Kreta nicht unbekannt.
Auf die Frage, die oft meiner Frau gestellt wurde, ob sie sich wieder ein Motorrad kaufen wolle, und ihre Antwort:

»Jetzt nicht mehr!« war die Bemerkung »Es ist sicher besser so!« mehr als aufschlussreich.

Heute, zehn Jahre nach diesen Ereignissen, ist eine motorradfahrende Frau im kretischen Alltag keinen Nebensatz mehr wert.

Entenzeit

So also ging unsere Motorradphase zu Ende. Die uns gebliebene Maschine verkauften wir kurz darauf an einen Kreter im Dorf, der sie für seinen Sohn haben wollte. Jedenfalls, das sei noch erwähnt, wusste der halbwüchsige Schnösel nichts Besseres zu tun, als alle Verkleidung der Maschine abzubauen und das Motorrad in kürzester Zeit zuschanden zu fahren.
Auch wieder eines der beschämenden Beispiele für die Rücksichtslosigkeit der griechischen Jugend ihren Eltern gegenüber und deren unverständliche Nachsicht.

Uns stellte sich jedoch wieder einmal das Thema Mobilität.
Neben der Motorradleidenschaft ist meine Frau auch Entenliebhaberin. Sie pflegte immer zu sagen: »Wenn's zum Porsche nicht reicht, kann's nur noch eine Ente sein!«
Sie hatte in Deutschland bereits die zweite Ausführung dieses französischen Kultautos in Besitz. Ihr 2CV der letzten Baureihe war zwar schon wieder zwölf Jahre alt, aber wir hatten ihn auf ein vollverzinktes Chassis gesetzt.

(Jeder Entenfreund kennt die Durchrostprobleme.) Durch unsere Maßnahme waren die Voraussetzungen jedoch gut und wir entschlossen uns, mit der Ente nach Kreta zu fahren.

Vollgepackt mit vielen Dingen, die wir bisher im Flugzeug nicht hatten mitnehmen können, startete der Entenflug nach Kreta. Langsam, aber beständig kamen wir unserem ersten Ziel, der italienischen Hafenstadt Ancona an der Ostseite des Stiefels näher und erreichten diese zwei Stunden schneller als gedacht.

So blieb uns genügend Zeit, um das geschäftige Treiben im Hafen entspannt zu betrachten. Die Überfahrt nach Patras, mit Zwischenstopps in Igoumentisa und der Insel Korfu, verlief glatt und ohne Komplikationen, ebenso wie die weitere Reise nach Piräus. Von dort ging am Abend die Fähre nach Kreta.

So erreichten wir am nächsten Morgen in aller Frühe Heraklion, die Hauptstadt Kretas. Eine Stadt, die als Beispiel griechischer Betonbauwut gelten kann. Der erste Eindruck ist alles andere als einladend. Aber der Schein trügt. Heraklion hat vieles Interessante zu bieten, von den Museen bis zu den Basaren der Altstadt.

Wir fuhren nun quer über die Insel und mit dem Sonnenaufgang in unser Dorf hinein.

Die Reise mit der Ente war so schön und überzeugend, dass wir drei uns schworen, zusammenzubleiben, bis TÜV oder Tod uns scheiden wird.

Das griechische Patent

Unser Auto erwies sich für Kreta als genau das richtige. Nicht nur, weil es mit wenigen Handgriffen in ein luftiges Cabrio verwandelt werden kann. Durch das Lösen zweier Schnappriegel lässt sich die hintere Rückbank herausnehmen und schon hat man einen Lastentransporter mit gewaltigem Fassungsvermögen zur Verfügung. Selbst Bauteile mit vier Metern Länge sind kein Problem für den Transport. Der 24 PS starke 2-Zylinder-Motor lässt sich gut einstellen und die langhubige Federung vermittelt selbst auf schlechtesten Straßen das Gefühl, in einer Sänfte zu sitzen. Zudem ist es natürlich ein unschätzbarer Vorteil den Motorrädern gegenüber, bei Regen ein Dach über dem Kopf zu haben.

Entgegen den kretischen Vorschriften ließen wir ab und zu von Urlaub zu Urlaub unsere Ente in einer Garage auf der Insel zurück und flogen zwischen Kreta und Deutschland hin und her.
Nach so langem Stillstand wollte einmal der Motor nach unserer Rückkehr trotz aller Bemühung nicht anspringen. Was tun?

Der Sohn unseres Freundes, Jorgos, hatte nach seiner Schulzeit in einer Autowerkstatt gearbeitet und wusste – auch ohne Gesellenbrief, den es in Griechenland nicht gibt – eine ganze Menge von Motoren. Er löste zuerst den Benzinzuführschlauch vom Vergaser und ließ mich den Motor starten. Da wurde das Problem offensichtlich. Es wurde kein Benzin gefördert. Im Kopf ging ich bereits die Fehlermöglichkeiten durch und diagnostizierte letztendlich eine defekte Benzinpumpe. Jorgos lachte nur.
»Jetzt zeige ich dir das *elleniko patente* – das griechische Patent.«
Er nahm das Ende des freien Benzinschlauchs in den Mund und saugte vorsichtig an. Plötzlich fuhr er zurück, spuckte mehrmals aus und rief: »*Tora echume benzini* – jetzt haben wir Benzin!«
Er hatte wohl einen Schwall davon erwischt. Die Membrane der Pumpe war festgesessen. Der Schlauch wurde wieder am Vergaser befestigt, der Motor gestartet – und er lief!
Jorgos »*patente*« hatte funktioniert.
Die griechische Fähigkeit zur Improvisation ist unerreicht. Und meine Achtung vor den vermeintlich »einfachen« Mechanikern ist groß.

Die Reise nach Westen

Nachdem wir nun auf Reisen nicht mehr wetteranfällig waren, vergrößerte sich unser Aktionsradius über die gesamte Insel. Kreta ist zwar nur 260 Kilometer lang und an der breitesten Stelle 60 Kilometer breit – aber was heißt das schon?

Die drei hohen Gebirgszüge der Insel, die *Lefka Ori* – die weißen Berge, das Ida-Massiv mit dem Psiloritis und das Dikti-Gebirge, bestimmen die Reisegeschwindigkeit.

Die oft schmalen Straßen führen hinauf und hinunter, folgen den Küstenlinien, wobei oft tiefe Schluchten oder wilde Felshänge umfahren werden müssen. Die direkten Linien bleiben den Ziegen vorbehalten.

Eine Tagesstrecke von 180 km ist anstrengend zu fahren. Zudem kann man sich nur in übersichtlichem Gelände erlauben, als Fahrer den einen oder anderen Blick auf die Landschaft zu werfen. In der nächsten Kurve begegnet man bestimmt einem mitten auf der Straße fahrenden Pick-up.

Von unserem Dorf Alithini aus begannen wir die bisher weiteste Reise über die Insel. Sie sollte uns bis in den äußersten Westen führen, der bisher für uns ein weißer Fleck auf »unserer Kreta-Landkarte« war.

So fuhren wir also erst einmal quer über die Insel – durch Spili mit seinem berühmten venezianischen Löwenbrunnen und Armeni, in dessen Nähe die eindrucksvolle frühminoische Nekropole besichtigt werden kann – nach Rethimnon. Um Zeit zu sparen, wechselten wir dort auf die neue Nationalstraße nach Chania.

Diese Stadt hat einen so großen Spannungsbogen von der Vergangenheit in die Gegenwart, dass man eigentlich länger dort verweilen müsste. Die Spuren der Minoer, Griechen, Römer, Byzantiner, der Venezianer und Türken lesen sich wie in einem offenen Geschichtsbuch.
Allein der Besuch der großen Markthalle ist ein großes, dem Leben zugewandtes Vergnügen. Dort wird alles an Fischen und anderen Meerestieren angeboten, was das Herz begehrt. Früher wurden in den kleinen Garküchen der Marktstände einfache, aber köstliche Fischgerichte zubereitet. Heute haben diese Aufgabe die zahlreichen Fischtavernen in der Halle übernommen, die zu sehr erträglichen Preisen Maritimes, von den Sardinen über Fischsuppe und Kalamaria in allen Variationen bis hin zu Hummer und Langusten, anbieten und keine Wünsche offenlassen.

Auch das verhältnismäßig kleine archäologische Museum der Stadt ist höchst sehenswert und zeigt anschaulich Funde aus allen minoischen Epochen.

Gegenüber dieses Museums befindet sich ein Andenkenladen, wie es wohl Hunderte auf Kreta gibt. Dieser jedoch ist ein besonderer. Tritt man dort ein und geht geradeaus durch den Laden, trifft man auf eine unauffällige Tür. Ein Blickwechsel mit der Ladenbesitzerin und auf deren »*oriste* – bitte« öffnet man diese Tür, tritt hindurch und befindet sich wie auf einer Zeitreise plötzlich in einer mittelalterlichen Glockengießerei. Übrigens die einzige, die es auf Kreta noch gibt. Im düsteren Licht sieht man teilweise dick verstaubte Glocken auf dem Boden umherstehen, und wenn man Glück hat, wird vielleicht gerade eine neue Glocke gegossen. Das Gießverfahren der »verlorenen Form« hat sich seit dem Mittelalter nicht geändert und findet hier immer noch seine Anwendung. Verzaubert tritt man durch den Andenkenladen wieder hinaus in das pulsierende Leben Chanias.

Unsere Reise ging weiter nach Maleme, dem deutschen Soldatenfriedhof des Zweiten Weltkriegs.
Die unübersehbar große Anlage ist sehr gepflegt. In der riesigen Zahl der Gräber liegen jeweils zwei Gefallene, deren Namen, Geburts- und Todestage in schlichte Steinplatten eingraviert sind. Alle Gräber sind mit einfachen niedrigen, blühenden Pflanzen geschmückt.
Der Wahnsinn und die Unerbittlichkeit des Krieges werden hier offenbar, und wir als Deutsche stehen fassungslos

vor diesem grausigen Zeugnis jüngster Vergangenheit. Viele der Gefallenen wurden nur 18 Jahre alt, geopfert einer wahnsinnigen Ideologie. Anlass zur Hoffnung ist, dass der Friedhof, der zwischenzeitlich von Jugendlichen aus der ganzen Welt gepflegt wird, als ein Mahnmal für ein friedliches Zusammenleben der Völker in der Zukunft gesehen wird.

Mit einem letzten Blick über die Gräberreihen verließen wir diesen Ort des Gedenkens.

Weiter ging unsere Fahrt zur Halbinsel Rodopou. Eine deutsche Freundin, die ein Jahr Auszeit als Ziegenhirtin auf Kreta genommen hatte, gab uns den Tipp, dort an der Westküste der Halbinsel im Hotel »*Sto chima* – zur Welle« zu übernachten.

In einer halsbrecherischen Fahrt trug uns unser Entlein sicher durch die engen Kehren der Straße hinab zu dem Hotel, das in einer kleinen Bucht direkt am Meer liegt. Wir wurden freundlich empfangen, aber auch wie Exoten bestaunt.

Insbesondere unsere Ente war Mittelpunkt des Interesses. Unter den Tamarisken der Hotelterrasse saßen wir kurz darauf, konnten die Spezialitäten der kretischen Küche genießen und die Eindrücke des Tages noch einmal vorbeiziehen lassen.

Später trug uns das Rauschen des Meeres in einen erholsamen Schlaf.

Am nächsten Morgen schnaufte unsere Ente die steile Straße wieder hinauf und wir erreichten, wieder entlang der Küstenstraße, Kissamos, den kleinen Fährhafen. Kurz vor der modernen Hafenanlage liegt der kleine alte Fischerhafen. Einige Fischer waren vor Kurzem von ihrem nächtlichen Fischzug zurückgekommen und sortierten gerade ihren bescheidenen Fang. Trotzdem waren sie guter Stimmung, Scherzworte flogen hin und her. Der Taktschlag der Zeit schien sich in diesem beschaulichen Hafen mit seinen bunt bemalten Fischerbooten verlangsamt zu haben.

Schwer trennten wir uns von diesem Idyll, aber unsere Reise steuerte ja an diesem Tag auf einen ihrer erhofften Höhepunkte zu.

Im blauen Licht des späten Vormittags lag dann vor uns die Halbinsel Gramvoussa – westlichster Punkt Kretas. Wir bogen rechts von der Küstenstraße nach Kaliviani ab. Von dort aus führt eine grobe Schotterstraße an der Ostküste der Halbinsel entlang, die mit ihrem niedrigen Macciabewuchs im hellen Licht der Mittagssonne lag. Wir gelangten an eine kleine Kapelle, neben der wir unsere Ente parkten und zu Fuß weitergingen.

Nach ungefähr zwei Stunden Wegs lag vor uns ein gewaltiger Felsklotz, der »*mafros poros* – der schwarze Berg«. Am Fuß dessen führt der Weg über eine kleine Kuppe, nach deren Übersteigung wir wie gebannt stehen blieben.

Vor uns in der Tiefe lag die Piratenbucht, »*Tigani* – die Bratpfanne«. Der Sand in dieser seichten Bucht ist leuchtend weiß. Milliarden über Äonen zerriebener Muschelschalen schufen dieses Naturschauspiel.

Das Wasser hatte alle Farbabstufungen vom hellsten bis zu fast indigo dunklem Blau. In türkisfarbenem Wasser sieht man vorgelagert die beiden Inseln Imeri Gramvoussa mit der venezianischen Burganlage, die von den Türken nur durch Verrat eingenommen werden konnte, und Agria Gramvoussa, die wilde Insel. Wäre der Strand von Palmen gesäumt, die Illusion einer Südseelandschaft wäre perfekt.

Da die Bucht vom Meer her nicht einzusehen ist, war sie lange Zeit ein Versteck der Piraten, die vorbeifahrende Handelsschiffe überfielen und enterten. So hat sich auch der Name »Piratenbucht« für dieses landschaftliche Kleinod erhalten.

Wir blieben bis zum frühen Abend, wanderten dann zurück zum Auto und fuhren weiter die Küste entlang in Richtung des Klosters Chrissokalitissas.

Die schottrige Uferstraße führte durch eine lose Ansiedelung von Häusern. Dort hatte uns unsere Ziegenfreundin eine Taverne zur Übernachtung empfohlen. Langsam fuhren wir den Weg entlang, als plötzlich auf diesem ein Mann stand, der uns aufforderte, anzuhalten.

»*Somatia echo na enikiasete* – ich habe Zimmer zu vermieten«, rief er. Meine Frau fragte ihn, ob er Nikos sei und eine Taverne hätte. »*Nai, apo pu xerete* – ja, woher wisst ihr das?« Nun, es stellte sich schnell heraus, dass es die von uns gesuchte Taverne war. Nikos freute sich zudem über die Grüße, die wir von unserer Freundin ausrichteten.

»Ich habe jetzt allerdings keine Zeit für euch, ich muss nach meinen Ziegen sehen«, sagte er. »Wartet hier! In

einer Stunde bin ich zurück und werde dann für euch kochen. Holt euch aus dem Kühlschrank zu trinken, was ihr wollt.«
Nach knapp drei Stunden kam Nikos zurück. Unsere Mägen hingen bereits in den Kniekehlen. Dann begann er zu kochen und unser Hungertod wurde doch noch einmal abgewendet.

Am nächsten Tag war das wehrhafte Kloster Chrissokalitissas unser Ziel. Erhöht steht es auf einer Felsplatte und ist schon von Weitem zu sehen. Die hohen Mauern sind heute noch gezeichnet von den Einschlägen der Kanonenkugeln, die über die lange Zeit der Kämpfe auf Kreta berichten. Eine lange steinerne Treppe führt durch einen Torbogen hinauf in den Klosterhof. Wild wuchernde Geranien mit brennend roten Blüten säumen den Aufstieg. Laut einer Sage – nach der auch das Kloster benannt ist – hat diese Treppe eine goldene Stufe. Diese sieht aber nur der, der reinsten Herzens ist.
Trotz aller Anstrengung konnten wir sie nicht entdecken. Welche Enttäuschung!

Unsere Fahrt ging weiter die Küste entlang zu dem viel gerühmten Badestrand von Elafonissos. Die flache Lagune hat ebenfalls weißen Sand, und man muss weit hinauswaten, bis das Wasser wenigstens hüfthoch steht.
Auch hier beeindrucken das Meer und die Bucht mit faszinierendem Farbenspiel. Die große Anzahl von Liegen und Sonnenschirmen verdarb uns allerdings etwas das Vergnügen.

So verabschiedeten wir uns nach einem Rundgang über die vorgelagerte Insel ziemlich schnell. Um nicht dieselbe Strecke über Kissamos zurückfahren zu müssen, fragten wir Einheimische nach einem Weg über die Berge.
»Es gibt eine neu geschobene Straße«, meinten sie, »sie ist nicht asphaltiert, aber mit eurem Auto könnt ihr sie fahren!«
Der Weg war teilweise in eine steile Felswand gesprengt worden und so schmal, dass er gerade mal für unsere Ente reichte. Gegenverkehr wäre eine Katastrophe gewesen, denn es gab über lange Strecken nicht eine einzige Ausweichstelle. Je höher wir hinauffuhren, desto überwältigender wurde die Aussicht über die Küste.

Es war einer der wildesten Ritte, die wir jemals auf Kreta durchzustehen hatten. Manchmal durchzuckte mich der Gedanke, wie es wohl im Falle einer Panne hier im wildesten Gebirge weiterginge. Die Geier kreisten ja schon über uns.
Aber unsere brave Ente hob ihre Reifen – zwar im Schleichgang, aber sicher – über alle Hindernisse, bis wir wieder in dichter besiedeltes Gebiet kamen.
Dann hieß es – angefüllt mit unglaublich schönen Eindrücken, die uns diese Reise in den Westen geschenkt hatte – »Ziel Heimat Alithini«.

Der Namenstag des Agios Jorgos

Am 3. November jeden Jahres wiederholt sich der Namenstag des heiligen Jorgos. Er ist unter anderem der Schutzpatron des Weines. An diesem Tag werden die Fässer des diesjährigen Weines erstmals nach der abgeschlossenen Vergärung geöffnet. Flaschen werden abgefüllt und zur Segnung in der Kirche bereitgestellt.

In unserem Dorf Alithini ist das ebenfalls gängiger Brauch – nur dass die dem heiligen Jorgos geweihte Kirche unsere Friedhofskirche ist.

Am Morgen des Namenstages des Heiligen wird deshalb die Messe dann auch dort abgehalten.

Ein großer Steintisch steht vor der Kirche direkt auf einem kleinen Platz zwischen den Gräbern der längst oder auch erst vor kurzem Gestorbenen.

Die Liturgie der Messe dauert wie üblich einige Zeit und die Männer scharren schon ungeduldig mit den Füßen, bis endlich der Segensspruch des Pappas erfolgt.

Alles strömt hinaus in die Sonne an den Tisch, über den schnell ein Tischtuch geworfen wird.

Weinflaschen werden ausgepackt, ebenso wie die von den Frauen mitgebrachten Körbe und Platten mit Brot, Fleisch und Käse.

Stolz wird der neue Wein ausgeschenkt, und jeder erwartet natürlich überschwängliches Lob. »*Poli kalo krasi* – sehr guter Wein.« Und man muss aus seinem Herzen meist keine Mördergrube machen. Die Weine sind trocken, ehrlich und schmecken mit jedem Becher ein wenig besser.

Dann geht man umher und gießt einen Schluck auf die Gräber der Gegangenen. »*Narste kala* – möge es dir gut gehen« wünscht man den Seelen.

Es ist ein merkwürdiges Bild, betrachtet man die fröhlichen auf den Gräbern sitzenden Menschen, und man begreift, wie nahe die gestorbenen Ahnen den Lebenden eigentlich noch sind.

Auch die Kapelle des heiligen Jorgos schaut etwas verwundert, aber nachsichtig mit einem kleinen Lächeln auf die Menschen herab.

Der Pappas lässt das Treiben eine ganze Weile zu. Dann beendet er das Fest kraft seiner Autorität. Widerspruchslos packen alle die Reste ein und verabschieden sich – bis zum nächsten Jahr.

Wir Deutsche sammeln die liegen gebliebenen Becher und Plastiktüten ein. Unsere Dörfler belächeln uns etwas, aber wir können nun einmal nicht anders.

Eines Tages werden uns unsere geliebten Kreter vielleicht verstehen.

Am Strand von Kalamaki

In der Nacht waren vom Meer her Gewitter über die Insel gezogen. Heftige Sturmböen gingen ergiebigem Regen voraus. Dieser tränkte das ausgetrocknete Land, und man glaubte, am nächsten Tag zusehen zu können, wie die Oliven an den Ölbäumen dicker wurden. Wir hatten große Lust, das Meer zu sehen und vielleicht auch zu baden. Also packten wir unsere Badeutensilien zusammen, starteten unsere Ente und ab gings nach Kalamaki. Der Ort liegt 10 Kilometer von Alithini entfernt zwischen Timbaki und Matala und hat einen der längsten Sandstrände der Südküste. Kalamaki ist ein aus einer Fischersiedlung entstandener Ort, der sich seine meer- und familienbezogene Atmosphäre erhalten hat. Wir kehren dort stets in der Taverne Giorgos ein, die Aristidis mit seiner Frau bewirtschaftet. Der Vater des Wirts ist Fischer, und so hat man die Garantie, immer frische Fische auf den Teller zu bekommen. Aber auch das gesamte Speisenangebot wird in überdurchschnittlicher Qualität angeboten.

Wir kennen Aristidis schon über zwanzig Jahre und es hat sich ein freundschaftliches Verhältnis zwischen uns entwickelt.
Dabei war das anfangs gar nicht so.
Jedes Mal nämlich, wenn wir dort aßen, waren wir beinahe beschämt über den niedrigen Preis, den wir zu bezahlen hatten. Einmal glaubte ich, einen Witz machen zu dürfen, als uns Aristidis die Rechnung brachte, und sagte lachend: »Was, so viel?!«
Aristidis hatte wohl einen schlechten Tag. Er wurde bleich, seine Augen flammten! Er warf die Drachmen, die ich ihm gegeben hatte, auf den Weg und schrie: »Wenn das zu viel ist – dann bezahle nichts!«
Ich war perplex. Damit hatte ich nicht gerechnet. Aristidis ließ sich daraufhin auch nicht mehr blicken.
Am nächsten Morgen drückte mir meine Frau eine Flasche mitgebrachten deutschen Weins in die Hand mit der Empfehlung, mich bei Aristidis zu entschuldigen. Auch mir war das ein Bedürfnis.
Als ich in der Taverne ankam, schaute mir Aristidis abwartend entgegen. Ich übergab ihm die Flasche, entschuldigte mich für meine dumme Bemerkung und erklärte ihm, wie es eigentlich gemeint war.
Er schaute mich an.
»*Eisai filos mu* – du bist mein Freund«, rief er, »wir werden nie mehr über diese Sache reden.«
So also begann unsere Freundschaft.

Als wir in Kalamaki ankamen, toste das Meer. Die ganze Küstenlinie war weiß vom Schaum der sich überschlagenden Brecher. Im Wasser vor dem Sandstrand liegen einige lang gestreckte Felsbänke. Dort türmen sich die Wellen hoch auf, um sich dann wütend und mit Gebrüll zu überschlagen.

Es ist nur sehr geübten Schwimmern zu empfehlen, sich in dieses Toben hineinzuwagen, um dann vor der Barre im sanften Auf und Ab der Wellen das unbeschreiblich schöne Gefühl des Einsseins mit dem Meer zu erleben.

Wir saßen noch eine ganze Weile am Tisch vor der Taverne, tranken gemütlich vom »*Chima* – dem Hauswein«, der vorzüglich schmeckte und eine wunderbare Verbindung mit der salzhaltigen Luft eingeht. Dazu frisch gebratene Fische und den Blick auf das Meer – was will man eigentlich mehr?

Gedanken zu Kreta

Vor unserem Haus seitlich des Feldwegs, der hinab in die Messara führt, blüht im Frühjahr neben den weißen und gelben Chrysanthemen, die die Anemonenblüte ablösen, der rote kretische Mohn.
Als ob sich diese Pflanzen ihrer berührenden Schönheit bewusst wären, hatten sie ihre Standorte so gewählt, dass ihre Blüten vor dem Hintergrund umherliegender Felsblöcke und den benachbart stehenden Wiesenblumen ganz besonders zur Wirkung kommen.
Keine Blume symbolisiert mehr die Lebensfreude, die die Menschen der Insel ausstrahlen, und kein Rot der Welt leuchtet intensiver.
Am Abend wetteifert das Licht der untergehenden Sonne mit dem Leuchten des Mohnes. Erst wenn sich die Nacht über alles gebreitet hat, verschwindet auch sein Feuern in der Dunkelheit. »*Oniraklika* – süße Träume.«

Was Kreta so einzigartig macht, sind nicht allein die Ausgrabungen, die von einer großen untergegangenen Kultur zeugen. Dann wären wir ja nur Betrachter eines Geschichtsfriedhofs.

Man wird zwar auf Schritt und Tritt mit der Vergangenheit konfrontiert und kann erahnen, welche Geheimnisse noch unter den Olivenhainen verborgen liegen.

Das wirklich Besondere ist die Selbstverständlichkeit, mit der die Kreter in ihrer Vergangenheit wurzeln. Ihr Lebensverständnis gleicht heute noch den in den Schriften ihrer großen Philosophen festgehaltenen Prinzipien.

Als Evans das Territorium des heutigen Knossos kaufte, um dort auszugraben, sagte ihm ein Bauer: »Ein guter Platz, denn hier singen die Vögel schöner als anderswo.« Die Ausgrabung wurde eine Weltsensation. Aber der einfache Bauer hat etwas von der großen Vergangenheit der Insel in seinem Herzen gespürt. Und brachte es so einfach zum Ausdruck – wie es schöner nicht hätte gesagt werden können.

Die kretischen Menschen sind vergleichbar mit den vielen alten Olivenbäumen, die es auf der Insel noch gibt. Ausgestattet mit zehn bis fünfzehn Meter tiefen Wurzeln überstehen diese die lange Trockenzeit des Sommers. Auch die Kreter haben – ebenso wie die Olivenbäume – diese tiefen Wurzeln. Ohne jene hätten sie die Jahrhunderte dauernde Besetzung und Knechtung nicht überstehen können. Das Wissen um ihre geistige Freiheit und das unveränderliche Vertrauen in das Ende der Knechtschaft waren die stärksten dieser Wurzeln.

Als Kreta die Freiheit Anfang des 20. Jahrhunderts sah, war es eineausgeblutete Insel ohne Perspektive. Es gab keine Infrastruktur, keine Schulordnung, kein Gesundheits- und Sozialwesen. In dieser Zeit war die Familie tatsächlich die Absicherung für soziale und finanzielle Probleme. Verwurzelt in den althergebrachten Traditionen und verpflichtet den männlichen Attributen Stolz, Ehre und Tapferkeit fanden sich die Kreter nach dem Zusammenschluss mit Griechenland in der Völkergemeinschaft der westlichen Welt als Empfänger von Hilfsleistungen wieder. In der Wertevorstellung der Kreter jedoch wurde diese Hilfe als eine Verpflichtung der neuen Verbündeten gesehen, hatten doch die Großmächte Kreta im Kampf gegen die türkische Willkür schmählich im Stich gelassen.

Die erheblichen finanziellen Unterstützungen Amerikas wie auch Europas halfen jedoch, dass sich die Lebenssituation ständig verbessert hat.

Heute führen die meisten Kreter ein erträgliches und auch einträgliches Leben, dem die Subventionen der Europäischen Union nach wie vor sehr zugutekommen.

Dem griechischen Staatswesen allerdings begegnen die Kreter im Allgemeinen mit dem Misstrauen der oft Enttäuschten. Innerhalb der Gesellschaftsstruktur werden tiefgreifende Reformen des gesamten Staatswesens notwendig sein. Neuordnungen, die den Kretern sicherlich eine Reihe der unbezahlbar gewordenen Vergünstigungen nehmen – aber im Gegenzug eine neue, eigenständige Identität schaffen werden. Diese ist unverzichtbar, um im Kreis der europäischen Staaten als geachteter Partner bestehen zu können.

Kretische Elegie

Dein Atem gleicht des Meeres Wellengang.
Nun kann dein Wesen niemand mehr verstehn.
Von fern hört man der Totenhörner Klang
und Leichentücher an den Stränden wehn.

Wohl warst du Mutter, Götterhaus und Herd
und deine Sprache waren Zeichen und
wurden verstanden und du warst geehrt.
Jetzt liegst du ohne Hilfe krank und wund.

In jedem Frühling, wenn der Mohn dich schmückt,
hoffst du, es werde nicht dein Totenkranz.
Bist deinem Dasein schon ein Stück entrückt
und keuchend drehst du dich zum letzten Tanz.

Sie murmeln schon die Totenlitanei.
Wenn jetzt doch nur der alten Götter Kraft
die Rettung brächte. Gleich, wie sie auch sei.
Und neu das Kleid der Ewigkeiten schafft.

Nachwort

»Alles ist im Fluss!« Wer immer auch der kluge Kopf war, der diese Erkenntnis ausdrückte – er hatte recht. Man kann nicht erwarten, dass Kreta in seiner geschichtsträchtigen Vergangenheit verharrt, wenn die Welt gezwungen ist, sich ständig neuen Anforderungen anzupassen. Der Wandel in eine neue Gesellschaftsordnung ist unübersehbar und immer öfter werden seit Generationen geltende Tabus gebrochen.

Ein wesentlicher Grund dafür ist der Erwerbsdruck, dem sich die Familien aussetzen und durch den sich die Frauen gezwungen sehen, mitzuverdienen. Dazu kommt bei der jüngeren Generation der Frauen sicher auch der Ausbruch aus dem jahrhundertealten Patriarchat der Inselgesellschaft.

Glück haben die Kinder, die eine »*Jaja* – eine Großmutter« haben, die noch in der alten Tradition Hausfrau ist und Zeit für die Enkel hat. Die ihnen noch die alten Bräuche erklären kann und ihnen etwas erzählt über die leidvolle Vergangenheit der Insel und den Stolz der kretischen Menschen, denen die Freiheit mit das höchste Gut ist.

Kinder, die nichts mehr über ihre Geschichte und Vorfahren wissen, sind manipulierbar und können sich in einem Sturm, den ihnen das Leben sicher bringen wird, nur schwer behaupten.

Dennoch ist es zu einfach, die Menschen wegen ihrer Abkehr von den oft idealisierten Prinzipien ihrer Lebensführung zu verurteilen.
Wir, die Industrienationen, gingen ja darin voraus, dem unsinnigen wirtschaftlichen Zuwachsstreben alles zu opfern, was an sozialen und kulturellen Werten frühere Generationen geschaffen haben.

Kreta geht nun denselben Weg. Im Vertrauen auf die Kraft der Insel und seiner Menschen ist diesen die Fähigkeit zu wünschen, Negatives zu erkennen, es schnell zu ändern und Positives zu erhalten – und das eine vom anderen weise unterscheiden zu können.

Inhalt

Vorwort 5

Die erste Reise 7
Der Kauf unserer Hausruine 13
Baumaßnahmen 23
Nächtliche Überraschung 29
Mobilitätsprobleme 32
Die Sache mit dem Feldschützen 34
Der 1. Mai 36
Plattfuß in Kali Limenes 39
Die geheime Dorfhöhle 42
Backtag in Alithini 46
Motorradfreuden 50
Zum Kloster Kuduma 53
Fahrt zur Lassithi-Hochebene 56
Rakibrennen 60
Namensgebungen 62
Einladung bei Esel-Nikos 64
Der Kühlschrank 66
Die Geschichte von Mauser-Kostas 68
Alfreds Grab 70
Tierschicksale 73
Bouboulina 76
Der Unfall 81
Der Kater Papa Vangelis 84
Magiritsa – die Osternachtssuppe 87

Ostern 89
Der Schäfer von Krotos 92
Müllstrategie 94
Tsoutsouros im Wandel der Zeit 96
Der Diebstahl 99
Entenzeit 103
Das griechische Patent 105
Die Reise nach Westen 107
Der Namenstag des Agios Jorgos 115
Am Strand von Kalamaki 117
Gedanken zu Kreta 120
Kretische Elegie 125

Nachwort 127